小学館文庫

星の鏡は輝かない

紫微国後宮秘話

宮池貴巳

目次

星の鏡は輝かない

紫微国後宮秘話

李彧君《りせいくん》は瑚《こ》州の人なり。
幼くして南天宮《なんてんきゅう》に学び、神器たる六星鏡《ろくせいきょう》の欠片《かけら》をその身に宿す。
瀏帝《りゅう》年間、獵婚《りょうこん》のために上洛《じょうらく》す。
六星鏡及び七星剣《しちせいけん》の消失したるは、その手によるものなり――。

『紫微《しび》国《こく》列人伝』より

序

澄みきった夜空に、紫微の星々が輝いていた。

天井川の土手には、視界を遮るものはなにもない。天の支配者たる北辰《ほくしん》と、その御車と謳《うた》われる北斗星――。彼女は手にしていた提灯《ちょうちん》を置き、どこまでも広がる空に瞬く無数のきらめきを見上げた。

二十代半ばになろうという年頃か。女性にしては長身に男物の袍衫《ほうさん》をまとい、やや太い眉と、切れあがった眼差《まなざ》しが特徴的な顔立ちをしている。美しいというよりは、凛々《りり》しいと形容されるほうがしっくりとくる女だ。

「空気が冴《さ》えて、今夜は星が清《さや》かだな」

肌を切り刻むような冷たい風が頬《ほお》をなぶるが、しかし不思議と寒さを感じることはなかった。外の世界は、きっと今まで知ることのできなかった新しいものに満ちている。そんな期待感と開放感に、彼女の心は躍っていたのだ。

とくに行く当てがあるわけでもない。わずかな灯《あか》りのみを手に北辰を目指しだした彼女の足は、しかしいくらも進まぬうちに止まった。

闇のなかから突然、白装束をまとった男たちが現れたからだ。どうやら彼女を待ち伏せしていたようである。一瞬前まで、人の気配などなにひとつなかったはずなのに——。

もしこの場に余人があれば、この寒空の下、彼女を取り囲んだ男たちがみな透きとおるほど薄い白絹のみでいることに、まず驚いただろう。しかしぐるりと彼らを一瞥《いちべつ》した彼女は、顔色ひとつ変えずに、そのうちのひとりに向かって手にしていた龍笛《りゅうてき》を一閃《いっせん》させた。

するとたちどころに男は消え、ぼうとした灯りのなかでひらりと紙が舞う。

「やはり紙人《しじん》か……」

つぶやいた彼女は、ため息をこぼして道の先に唯一見える銀杏《いちょう》の木に向かって叫んだ。

「出てこい、喬賀《きょうが》！　そこにいるんだろう!?」

提灯を向けると、落ち葉を踏みしめる音とともにそこからひとりの男が姿を現す。雪白《せっぱく》の直裾袍《ちょっきょほう》に夜に溶けそうな暗色の長褙子《ちょうはいし》をまとった若者だ。

細い月もすでに沈み、かすかな星明りのもとでは、影となってその顔を窺《うかが》うことはできない。しかし陽光の下で見れば、彼が仙女もかくやとばかりの繊細で美しい容貌をしていることを彼女は知っていた。

「南天宮を抜け出して、いったいどこへ行くつもりだ？　成君《せいくん》」

その問いに、成君と呼ばれた女は面倒そうに束ねてもいない髪を掻《か》きあげた。

「おぬしには関係ないだろう。いいかげん、私につきまとうのはやめてもらおうか、この跟踪魔《ストーカー》め」

「……俺は、師姉からおまえを連れ戻すよう命を受けただけだ。追われるのが嫌ならば、なぜ無断で南天宮を出た？」

跟踪魔と言われて、喬賀は不快そうに眉宇をひそめた。

「言ったら反対されるだろうが」

「あたりまえだ！　黙って宮観から抜けるのは大罪だぞ」

「手紙は残してきたぞ。それに大罪と言われてもな」

成君が、南天宮と呼ばれる宮観に仕える道姑《どうこ》なのは事実だ。しかし還俗《げんぞく》して俗世に戻る者なんていくらだっているのに、成君だけそれが許されないのは道理が合わないではないか。

「南天宮へは戻らぬ。観主様もわかってくださるだろう」

「なぜだ？」

きっぱりと告げた成君に、喬賀が苛立《いらだ》たしげに問い質《ただ》した。

「私はもう、閉じこめられて生きていくのは嫌なのだ」

「だからそれはなぜかと訊《き》いている」

「結婚したいからだ」

「……なんだって？」

きっぱりと言いきった成君に、喬賀はわけがわからないとばかりに口をぽかんと開けた。そして狼狽《ろうばい》した声をもらす。

「結婚って……おまえまさか、宮観に男を引き入れていたのか？　いつの間に？」

「そんなはずなかろう。これから出会うのだ」

「……意味がわからん」

困惑の表情を浮かべる喬賀に、なぜわからぬのかと成君は声を荒らげる。

「だから獵婚《こんかつ》だ、獵婚！」

そして成君は、顔をゆがめる喬賀に向かって告げる。

「あんな婆《ババア》ばかりのところに閉じこめられていたら、いつまで経《た》っても私は夫となる男に出会えぬではないか！　こうして旅を続けていれば、そのうち私にふさわしい男と出会えるに違いない」

「……そんな、くだらない理由で南天宮を抜け出したのか？」

「くだらないとはなんだ！　私にとっては大問題だ!!」

声を一段低めた喬賀に向かって、成君は吼《ほ》えた。獵婚——婚を獵《か》るとは言い得て妙なもので、成君とて結婚するためになみなみならぬ決意で臨むつもりでいるというのに。

「私はなにがなんでも獵婚せねばならぬのだ！　このまま南天宮にいては、運命の男に出会う前に枯れてしまうだろう」

「——もういい。おまえの乙女趣味にはつきあいきれん」

「乙女趣味とはなんだ!?　私はだな——」

馬鹿にするように鼻を鳴らされ、成君は喬賀に反論しようとする。しかし彼は、これ以上話しても無駄と思ったのか、懐から紙の束を取り出し、問答無用とばかりに息を吹きかけた。

「力ずくでも連れ帰る」

風にのって飛ばされてきたのだろう。喬賀の言葉とともに、成君の耳近くでかさりと紙の鳴る音がする。

先ほどと同じ白装束の男たちが現れたのは、そのときだった。わずかな星明りに照らされたそれらが、成君を取り押さえようと迫ってくる。

紙人術と言って、喬賀が得意とする方術だ。紙を剪《き》った人形《ひとがた》に、仮初の命を与えて操ることができる。

「あいかわらず、小賢《こざか》しい術を使うものだ」

喬賀のように方術が扱えない成君は、向かってくるそれらを、一体一体龍笛で薙《な》ぎ払《はら》いながら言った。しかし最後の一体を消しさる前に、喬賀がふたたび紙の束に息を吹きかけ紙人を増やしてしまう。

「ああ、もう！　面倒だ」

新たに出てきた一団に、切りがないと成君はぼやく。そして帯の間からきらりと光るものを取り出すと、男たちに向かって一斉に放った。星明りを弾くそれらは、三寸ばかりの針である。それらはあやまたずに紙人たちを貫くと、紙に戻った人形を地面に縫いつけた。

「おまえこそ、あいかわらずがさつな技を使うな。大雑把《おおざっぱ》なおまえの性格そのものだ」

みずからが操る紙人を殲滅《せんめつ》させられて苛立ったのだろう。喬賀は舌打ちすると、成君に向かって地を蹴った。

「孤児だった我らを養育してくださった、師姉の……観主様への恩を忘れたのか？」

喬賀が振り下ろしたのは、古来魔を祓《はら》うとされてきた桃木の短剣だ。それを龍笛で受け止めながら、成君も怒鳴り返した。

「忘れるわけがないだろう！　結婚するだけで、その気持ちに変わりはない。だいたい恩などと、おぬしこそ、ひとりで廁《かわや》に行けないところをいつも私がついていってやった恩を忘れたのか!?」

「いったいいくつのときの話だ！」

子供の口喧嘩《くちげんか》のように言い争いながら、ふたりは桃剣と龍笛をぶつけあう。どちらも譲らず、それが幾度となく続いたときだった。ふたりはともに弾かれたように後ずさり、間合いを取った。地響きのように、こちらに向かってくる蹄《ひづめ》の音が聞こえたからだ。

「なんだ？」

暗闇に目を凝らした成君は、馬で疾走してくる少女に気づいてその名を呼んだ。

「桂花《けいか》ではないか！」

「成君様！　観主様から急ぎの文《ふみ》です！」

「観主様からだって？」

観主付きの童である桂花の言葉に、成君と喬賀は思わず顔を見合わせる。とりあえず休戦とばかりに得物を下ろし、桂花から書簡を受け取る。そして書面に視線を走らせたとたん、成君は声をもらした。

「六星鏡が……盗まれただと？」

「なんだと？」

成君のつぶやきに、喬賀も眉をひそめて横から文を覗《のぞ》きこんでくる。そこには、南天宮に祀《まつ》ってある六星鏡を祭壇から下ろそうとしたところ、盗難が発覚したと記されてあった。

六星鏡とは、南天に煌《きら》めく六星を具現した神――南斗星君を象徴する神器である。同じく北の七星を具現した北斗星君の七星剣とともに、それは古くからこの国の君主に受け継がれてきた皇位継承の証《あかし》だった。

紫微国では、毎年冬至の日に天を祀る〝祭天〟を行う。とくに新帝即位後はじめての祭天は大礼と呼ばれ、普段は南天宮と北天宮《ほくてんきゅう》に祀られているそれら神器をそろえ、天に国家安寧を祈るのだ。

『このようなときにそなたが南天宮を出たのも、天の配剤かもしれません。六星鏡を取り戻すよう――』

書簡に締めくくられている文章を読み、成君は右目を押さえながらぼやいた。

「私を連れ戻せとおぬしに命じておきながら、今度は六星鏡を捜してこいとは。観主様もずいぶん勝手なことを言うものだ」

成君の脳裏に、南天宮の観主の飄々《ひようひよう》とした顔が浮かぶ。清冽《せいれつ》な雰囲気をまとった美しい女性だが、年齢不詳で何歳になるのかは誰も知らない。一見三十代にも見えるが、百歳に近いという噂《うわさ》まである人だ。

「……だがこのままでは観主様は、六星鏡盗難の責めを受けることになるぞ」

なにせ代々の皇帝に受け継がれる神器である。それを失ったとなれば、下手をすれば斬首の可能性さえある。

「わかっている。おぬしの言うとおり、観主様には恩があるからな。捨て置くわけにはいかぬ。盗まれた六星鏡を取り戻さねば」

もともと当てのない旅をするつもりだったのだ。少しの間、寄り道をするくらいいして不都合があるわけではない。

成君が肩をすくめると、喬賀も桃木の短剣を収めてうなずいた。

「となれば仕方がない。しばらく休戦だな」

「ちょっと待て。まさかおぬし、ついてくるつもりか?」

観主は成君に向けて書簡を認《したた》めているわけで、六星鏡を捜すように命じているのも彼女にのみだ。というのに喬賀は、成君の戸惑いなどどこ吹く風で言う。

「なんの問題がある? それに六星鏡を捜すには、俺の術が役に立つこともあろう」

方術は誰もが使えるものではない。たしかに喬賀がいれば、助かることもあるのかもしれない。しかし――。

「……こぶつきで旅をしては、男が寄ってこぬではないか!」

「こぶとはなんだ、こぶとは」

納得できないでいる成君に、しかし喬賀は「でなければ行かせぬ」という眼差しで睨《にら》みつけてくる。

「ああもう、どうしてこうなるのだ」

その一歩も引かない様子に、成君はうなだれながらも「仕方がない」とうなずいた。

やはり跟踪魔ではないかと思いながら――。

都の七星

まるで華胥《かしょ》のごとし――。

そう謳われる紫微国の都鄭洛《ていらく》は、どこもかしこも人と物にあふれていた。

青楼、画楼が建ち並ぶなか、どの店も彫刻を施した戸に珠《たま》の簾《みす》を下げ、繍《ぬいとり》をした色絹で飾りたてている。そのなかでは諸国から集まった珍宝が行き来し、それを求めて綺羅《きら》の衣に香をまとわせた人々が訪れる。

道端では童たちがしきりに歌舞の稽古をし、その間を装いたてた車馬が通りすぎていく。同じように道を行けば、どこからともなく聞こえる軽やかな管弦の調べが華やいだ気持ちに彩りを添えてくれる。

喧騒《けんそう》と雅《みやび》。それらが矛盾することなく同居する都鄭洛に、成君《せいくん》がやって来たのは半月ほど前のことだった。

二重の城郭に囲まれたこの城市は、皇城を中心にした内城では官吏や貴族が多く居を構えているのに対して、外城には民家がひしめきあい、庶民がたくましく生活を営んでいる。

どこまで続いているかわからない繁華街には、茶葉店や酒店、薬舗などのほか、漆器店や金銀鋪《かざりや》などの日用品を扱う店が軒を連ねている。繊細な絵付けをされた茶碗《ちゃわん》や煌《きら》びやかな簪《かんざし》など、田舎から出てきた成君にとってはどれもが珍しく、一歩歩くたびに目を奪われてしまう。

またこのあたりには庶民の腹を満たす店も多く、そこかしこから美味《おい》しそうな匂いが漂ってくる。そのうえそれらの客を目当てに屋台や振り売り、易者までが集まり、人でごった返していた。

通りかかった店先の三段に重ねられた大きな蒸籠《せいろう》から、ほかほかとした湯気が立ち上っていることに気づいた成君は、とうとう誘惑に抗えなくなった。

「親父《おやじ》、肉包《にくまん》をひとつくれ。ついでにそちらの豆沙包《あんまん》も」

「はいよ！」

銅銭を指で弾くと、威勢のいい声とともに、半紙に包まれた包子《パオズ》が目の前に差し出された。成君は左右の手でそれぞれ受け取り、まず肉包にかぶりつく。肉汁が口のなかであふれ、思わず感嘆の声をもらす。

「美味《うま》い……！」

しっとりとやわらかく、ほのかに甘い生地のなかに、すっきりとした豚肉の脂と椎《しい》茸《たけ》の旨みが合わさった餡《あん》が包まれた、まさに絶品である。

「さすがは都だな。やはり包子ひとつとっても、南天宮のある田舎とはまるで違う」

双眸《そうぼう》を輝かせて残りの肉包を口に放り込み、今度は豆沙包にかじりつく。こちらも胡麻《ご ま》油《あぶら》で練られた豆沙《あん》が香り高く滑らかで、たまらない味わいだ。

包子だけではない。朝食後に食べた小麦粉の揚げ菓子である麻花《マーファー》や、もち米粉で黒胡麻餡を包んで茹でた湯圓《タンユエン》も秀逸だった。ほかにもいろいろ試したいと思った成君は、きょろきょろとあたりを見まわした。

もしここに喬賀《きようが》がいれば、「さきほど昼食を取ったばかりのくせに、まだ食うつもりか」と眇《すが》めた半眼を向けてきただろう。しかし幸いいまは彼とは別行動である。うるさい者がいないうちにと、今度は振り売りが藁束《わらたば》に挿して売り歩いている串刺しに目をつける。山査子《さんざし》に飴をからめた糖葫芦《タンフールー》だ。

「しかし都とは賑《にぎ》やかなものだな。祭日でもないのに、よくここまでの人が湧いてくるものだ」

その甘酸っぱさを堪能《たんのう》しながら、成君は歩いてきた通りを振り返る。このあたりは、鄭洛の外城を南北に貫く大通りから少し横道に外れた界隈《かいわい》だが、どこまで歩いても人の途切れる気配がない。

「しかしこれだけ人がいるにもかかわらず、誰も声をかけてこないのはなぜなんだ？　これほどの美女がひとりで歩いているというのに」

伽藍《がらん》に続く参道で、曲芸や吐火、呑刀などの大道芸を見物している人だかりを眺めながら、成君は不平をもらす。都に来ればすぐに結婚相手が見つかると思っていたのに、これはどうしたことだろう。

「こういうときは、うっかり手巾でも落とせばいいのか？　ああ、もう少し前もって獵婚について研究してくればよかったな。せっかく都に来たというのに」

南天宮にいるときに、まわりの高齢道姑に隠れて読みふけっていた恋愛小説の数々が、彼女にとって唯一の教本であった。いつから観内に蔵書されているかもわからないそれら古書の内容に疑問を抱くことなく、首をひねったときだった。

「火事だ！」

どこかでそんな叫び声があがり、成君ははっとしてあたりを見まわした。そして北の空に黒煙が上がっていることに気づく。

「内城か……」

そう判断した成君は、すでに食べ終わっていた山査子の串を放って走りだした。

お成り道となっている大通りに飛び出すと、名だたる酒楼や妓楼《ぎろう》の店先では、集まった人々が煙の方向を指さしながら騒いでいた。彼らをかき分けながら成君は、内城へとつながる朱雀門《すざくもん》へと急ぐ。

火元に近づいてきているのだろう、走っているうちに、次第にきな臭い匂いが鼻腔《びこう》を刺激してくる。

紅く巨大な門をくぐりぬけると、内城のなかでも御街《ぎょがい》と呼ばれる幅百歩はあろうかという広大な通りに出た。その正面にはるか遠く見えるのが、皇城の正門たる宣徳楼《せんとくろう》だ。磚《れんが》と石で築かれた城壁の中心に金鋲《きんびょう》を打った朱色の門が五つ連なり、その上に瑠璃色の瓦の葺《ふ》かれた三層の楼閣がそびえている。

それを横目に成君は西へ向かって道を折れる。そしてふたたび北へ進んだところで、ようやく火事の現場へとたどり着いた。

「ここか……」

火事を遠巻きに見物している人垣に割り込んで近づくと、燃えているのは茶楼のようだった。店先に飾られていたはずの色絹はとっくに燃え落ち、柱に彫刻を施したしゃれた建物も半分が崩れている。

胸を圧迫するようなきな臭さがあたりに充満し、晴れ渡った空を赤く染めあげるほどの、黒煙が上がっていた。

「誰か！　はやく火を消しておくれ！」

この茶楼の女将《おかみ》だろうか。豊満な身体つきの中年女性が、燃え盛る火焔《かえん》になすすべもなく泣き叫んでいる。どうにかして消火しようと、近くの運河から必死に水を運ぶ茶坊主たちに交じって近隣の店主たちも怒号を飛ばしている。

彼らにとっても他人事ではないのだろう。延焼すれば、みな同じように店や仕事を失うのだから。

「また放火のようだぞ」

「じゃあ、例の連続放火犯か？」

熱風に頬をなぶられながらその様子を眺めていると、集まった野次馬《やじうま》たちのなかから、そんな会話が漏れ聞こえてくる。ここ半月ほど、鄭洛の城市のなかでは同じように火を放たれた商店や民家が、何軒もあるのだと。

「早く、六星鏡を取り戻さねば……」

炎を見つめるにつれてじわりと熱を帯びてくる右目を押さえながら、成君はつぶやいた。

目の前で燃え盛っているのは、普通の炎ではない。六星鏡によって熾《おこ》された呪術的な炎だと、成君にはわかるからだ。

皇位の象徴とされる六星鏡は、背面に南斗星が刻まれた白銅の凹鏡であり、もともとは古代から伝わる呪具のひとつだったという。その六星鏡の、くぼんだ鏡面の中心に太陽の光を集めて反射させ、熾した火を呪術に用いる――。

方術を扱えるだけでなく、成君と違って古文書などにも精通している喬賀は、古い文献に残されたそんな記述を思い出し、彼女に告げたのだ。

『六星鏡で火をつけているのなら、放火の現場にはかならず六星鏡を持った者がいるはずだ。手がかりがない以上、そこを捕らえて奪い返すしかない』

その言葉を受け、成君は喬賀とともに都の見まわりを続けてきた。しかしどこで火事が起きるかわからず、どうしても対応が後手にまわってしまう。これまでに四件の火事に遭遇したが、成君たちが駆けつけたときにはすでに犯人は逃亡したあとで、捕らえることは叶《かな》わなかった。

逃がせば、また被害が出る――。

焦燥感が込みあげるなか、注意深く周囲を見まわしたときだった。ふと成君の目が、火事からほど近いところにいる小さな獣の姿を捉えた。

「あれは……」

火を恐れる様子もなくのんびりと地面に伏せているそれは、一見すると犬のように見える。しかし薄茶色の毛は伸び放題で、目がどこについているかもわからない有様だ。顔の下の部分にだけある白い毛が、まるで山羊《やぎ》の髭《ひげ》のように垂れている。

視線を上げると、獣を連れているのは背のひょろりと高い男だった。まだ若い、端整とも言える顔立ちをしていて、こざっぱりとした有襴《うらん》の袍衫をまとう姿は、どこぞの役人のようにも見える。

睨みつけるように火事を見つめていたその男は、火事の勢いが少し弱まったのを見計らったように踵《きびす》を返した。成君は男と獣が人だかりから離れたのを確認し、そっとその背中を追う。

炎から遠ざかると、とたんに肌を刺すような冷気がまとわりついてくる。吐く息が氷の結晶をまとっているかのように白くなるなか、男は東に向かって歩いているようだった。

繁華街を抜けて太鼓橋を渡り、運河沿いに進む。荷揚げ夫が忙しそうに船から庫《くら》へと物資を運んでいる横をすり抜けさらに進むと、今度は北へと折れて、官人や豪商などの大きな屋敷が建ち並ぶ界隈を通りすぎていく。

やがて男は、人影がまばらになった道から細い路地へと入り込んだ。成君が小走りになってその背中を追いかけた、そのときだった。

突然、黒い塊が飛びかかってきた。

成君はとっさに手にしていた龍笛でそれを受け止め、思いきり横に薙ぎ払う。すると反撃が予想外だったのか、それは「キャンッ！」と仔犬《こいぬ》のような声をあげた。しかしそのまま地面に叩《たた》きつけられるでもなく、くるりと一回転して薄暗い路地に着地する。

「おぬし、どういうつもりだ？」

成君は、襲ってきた毛むくじゃらの獣ではなく、その奥の土塀の影に向かって鋭く問う。そこでは先ほどの男が腕を組んでこちらの様子を窺っていた。

「それはこちらの科白《せりふ》だな。なぜ俺をつける？　太師に命じられたのか？」

警戒心を顕《あら》わにした眼差しで問われ、成君は眉をひそめる。

「私は放火犯を追っていただけだ」

「放火犯だと？　奇遇だな。放火犯なら俺も捜している」

「ふざけたことを……！」

茶化《ちゃか》すように言った男を成君は睨みつけた。

「あの茶楼の火事は、おぬしの仕業であろう！　しらばっくれたことを申しても無駄だぞ」

成君が手にしていた龍笛を向けると、男は迷惑そうに顔をしかめた。

「言いがかりも甚だしいな。あれは俺じゃない」

「そんな妖しげなものを連れて、よく言うものだ！」

成君は先ほど彼女を襲った茶色い塊を指さして言った。男の足元にまとわりついている毛むくじゃらのそれは、やはり仔犬にしか見えない。しかし可愛《かわい》らしく擬態していても、その正体が化物であることを、成君が見逃すはずがなかった。

「あれは、ただの火事ではない。呪で起こされたものだ。普通の人間にできるはずがない」

「なるほど。つまりおまえは、これがなにかわかるのか」

すると男は、じゃれついてくる獣の背中を脛のあたりで撫《な》でてから、可笑《おか》しそうに口の端を上げた。そして観察するように成君をじっと見つめ、「そういうことか」とつぶやく。

「男装している女が、そう多いわけもない。ということは、おまえが李《り》成君なんだろう。南天宮の観主の秘蔵っ子だという」

「なぜ、私のことを知っている？」

秘蔵っ子かどうかはともかく、名を言い当てられて成君は驚いた。

「観主から話は聞いている。その右目に、六星鏡の破片を取り込んでいるという者のことは」

「……おぬし、何者だ？」

成君の目に六星鏡の欠片が入っていることは、南天宮のなかでもごく一部の者しか知らない事実である。

神器盗難の責めを受けて軟禁の身にある観主が、長年伏せられてきた成君の秘密を打ち明けるとは、この男はいったいどういう者なのか。成君が注意深く観察すると、男は獣を指して言った。

「こいつも俺も、あの火事には無関係だ。俺は少し前まで西の僻地《へきち》——侶《りょ》州にいた。これは俺が気にいったようで、こちらに戻ってくるときについてきたんだ。それ以来、いろいろと助けてくれる」

「鬼怪《きかい》が、だと？」

幽鬼や妖怪などを総じてそう呼称する存在のことは、成君も聞き知っている。そういった存在が人を騙《だま》したり、害したりすることはよくあると言われているが、助けてくれるなどという話は耳にしたことがない。

「皓炎《こうえん》――」

鬼怪の名前だろうか。男がまるで飼い犬にするように腕を伸ばすと、獣は甘えた声をもらして飛び込んでくる。

人馴れしたその様子に目を見開いている成君に、男は苦笑して言った。

「六星鏡が盗まれたことは、南天宮の観主から報告が来ている。それを受けて、最近鄭洛で頻発している火事が、六星鏡を使った呪術によるものだとも予想がついている」

この男はいったい何者なのだろうか。

成君は、「だからあの場に見に行った」と口の端を上げる男の、瞳の奥に揺らめく昏《くら》い光をじっと見つめたのだった。

＊

范宇遠《はんうえん》と名乗った男は、「六星鏡を捜す気があるのならばついて来い」と一方的に告げると、内城を取り囲む東の城壁へと成君を連れてきた。後ろからは毛むくじゃらの獣が、まるで従者のように彼につき従っている。

「ここはなんだ？」

話をするのならば、適当に酒楼にでも入るのだろう。そう思っていた成君は、鋲打ちされた強固な扉を前にして首をひねった。

「この鄭洛の天文台だ」

「天文台？」

驚く成君にかまわず、宇遠が扉を敲《たた》く。すると白髯《はくぜん》の老人が出てきて、彼を見るなり、すぐにふたりをなかへ入れてくれる。

「なにか連絡はあったか、袁彬《えんりん》？」

宇遠の問いに首を振った老人に続いて城壁をくぐりぬける。すると扉のなかは城壁を利用した二重構造になっていて、開けた視界の先には小さな庭園があった。

庭園の中央には、天体の位置や運航を観測する巨大な渾天儀《こんてんぎ》が置かれている。また奥の城壁の上には、天体間の角度を測定する六分儀や、天体の方位を観《み》る地平経儀など、巨大な観測器具がそびえているのが地上からも見て取れた。

「公設の天文台に入れるということは、おぬしは司天監《してんかん》の者なのだな？」

ここに来るまで正体も目的もわからない宇遠を信用してよいか迷っていた成君だっ

たが、ようやく腑《ふ》に落ちた。紫微国が設けた天文台に出入りできるとなれば、彼は天文台を管轄する司天監の役人に違いないと。

そもそも司天監とは、経籍《けいせき》を含めた図書全般を管理する秘書省に属し、天文や暦法を司《つかさど》る部署である。当然、南斗星と関わりの深い六星鏡についても造詣があるはずで、それが盗難されたとあれば連絡を受けているのは当然と言えば当然だろう。

成君の問いに、宇遠はうなずいた。

「ここの責任者だ」

「なるほど。ということは、おぬしは司天監の監正《かんせい》なのだな」

たしか司天監の監正とは、観主は個人的に書簡を交わす間柄だったはず。六星鏡の盗難という大事件を前に、観主が直接助力を頼んでいてもおかしくはなく、きっとその際に成君の目に六星鏡が取り込まれていることも告げたのだろう。

「しかしその若さで監正とは、おぬし官人なのか。たいしたものだな」

すっかり気を許した成君は、前を歩く宇遠に向かって気安く話しかけた。

司天監など専門的な知識が求められる部署では、科挙《かきょ》に合格した官人ではなく、そこで独自に採用される胥吏《しょり》が多いと聞いている。とはいえ、たたきあげの胥吏は、この若さで部門の長たる監正になどなれるはずもない。しかし彼が官人ならば、進士にとっては低い位であってもありえないことではなかった。

（そういえば、侶州にいたと言っていたな。大方権力争いに巻き込まれて、配流されていたというところか）

紫微国でも西の果てに位置する侶州といえば、古くは流刑地とされていた土地だ。今はそのかぎりではないが、配流先として選ばれることは多い。

戻ってきたということは、侶州に行くまではこの鄭洛にいたということだ。配流の理由は失策や収賄などいろいろあるのだろうが、勢力争いに負けて流されたりする者は、いつの時代も後を絶たない。

ひとり納得したとたん、成君は「ああ……」とあきらめの声をもらした。

「ということはおぬし、本当に放火犯ではないのだな」

「先ほどから、そう言っている」

「おぬしが放火犯で、六星鏡を取り戻せれば話は早かったのに」

心底残念がっている様子の成君に、宇遠は「どういうことか」と眇めた眼差しを向けてくる。

「私はそう長いことこの件に関わっておられないのだ。さっさと六星鏡を捜しだして、獵婚をせねばならないからな」

すると宇遠は、足を止めて成君を振り返った。

「獵婚？　六星鏡を目に取り込んだ李成君は、生涯独身の道姑として南天宮に仕えると聞いていたが、違うのか？」

「おぬし、そこまで知っているのか」

成君は驚くとともにため息をこぼした。いったい観主は、この男にどこまで話しているのかと。

それは、代々の皇帝に伝わる神器を、欠片とはいえ身に受けてしまった成君に、観主が命じたことだった。六星鏡の力が失われないよう彼女の行動を制限するとともに、本来であれば君主が手にすべき神器がほかの男に渡らないようにとの配慮らしい。

成君が長年南天宮に閉じこめられて育ったのは、そのせいである。それが耐えられなくなり、彼女は南天宮を飛び出したのだ。

「私はもう、そういうことに囚《とら》われて生きていくのは嫌なのだ。よい伴侶を見つけて子を生《な》す、みなが許されていることを自分ができないのが納得できない」

成君の主張は、皇帝の臣下たる宇遠には受け入れられないものかもしれない。しかしそれでもかまわないと、彼女はさらに胸を張って続けた。

「だいたい、私のような美女がいつまでも独り身とは、世の中の男にとっても大変な損失とは思わぬか」

大真面目に言うと、宇遠はじっと彼女を見つめ、視線をそらしてから口を開いた。

「おまえが美女かはともかく――」

「ちょっと待て、どういう意味だ!?」

聞き捨てならないとばかりに声を尖《とが》らせた成君にかまわず、宇遠はふたたび前を向いて歩きだす。

「まあ、せいぜい頑張るんだな」

そしておざなりに言うと、彼は庭園の脇にある建物へと入っていく。どうでもいいとばかりの態度に腹が立ち、成君はその背中を追いかけた。

「なっ……おぬし、私を馬鹿にしているだろう！」

「被害妄想というものだ。俺はなにも、おまえが身の程知らずとも、鏡をよく見ろとも言っていない」

「いま言っているではないか！」

何食わぬ顔で告げる宇遠に、成君は声を荒らげた。

「なんて嫌味《いやみ》な男なんだ！　おぬしのような性根の悪い男には、絶対に嫁の成り手などおらぬぞ！」

「残念だが、もういる」

「なっ、そうなのか？」

宇遠が妻帯者と聞いて成君は驚いた。しかしこの表情に乏しい男がどのように妻となる女性を口説いたのか気になって訊いてみる。

「ちなみに、どのようにして知りあったのだ？」

「押しつけられた」

今後の参考にしようと思ったのに、宇遠は感情のこもらない声で言う。

「は？」

「そうだな。だからいないようなものだな。俺の意思で迎えたわけではないんだから」

「ちょっと待て、それは浮気の宣言か？」

「仕方がないだろう。俺のあずかり知らぬところで、いつの間にか嫁にされていたんだから」

つまり政略結婚ということだろうか。貴族の子弟などは、みな家門のために結婚相手を選ぶと聞いたことがある。おそらく官人の彼も、そういった手合いに違いない。しかし馴《な》れ初《そ》めがどうであれ、いったん夫婦となった以上、妻と正面から向きあう努力をしないのはいかがなものだろう。

（こやつ、ろくな男ではないな）

さきほどからの態度といい、成君は宇遠に対してそう頰を引きつらせた。

「それで？」

宇遠にとってはどうでもいいことなのだろう。彼は無駄口は終わりだとでも言うように、方卓のまわりにあった墩《とん》を引き寄せて座ると、成君に向き直った。

「一応確認しておくが、李成君があの現場にいたということは、あの茶楼の火事は六星鏡で起こされたもので間違いないんだな」

「おぬしはそれがわかっていて、あの場にいたのではなかったのか？」

宇遠の人となりと六星鏡のことは別問題ではあるが、成君は不機嫌に訊《たず》ね返してやった。

ふたりが卓につくのを見計らい、袁彬と呼ばれたさきほどの老人が、温かい花茶《はなちゃ》を出してくれる。さきほど放火現場まで走っていたこともあり、ちょうど喉が渇いていた成君は、それを一気に飲みほす。すると冷えきった身体が腹からじんわりと温まった。

「予測はしても、実際に起きている火事が通常の放火なのか、六星鏡によって起こされたものなのか、俺には確認のしようがない」

「そういうことか」

成君は、続けて老人が差し出してくれた棗《なつめ》の蜜づけに機嫌を直してうなずいた。

喬賀のような方術に長《た》けた者でさえ、燃えあがった炎が六星鏡によって熾されたものなのかどうかは見分けがつかず、せいぜい呪術的なものだとわかるくらいらしい。であれば、常人がそれを知るのは不可能だろう。成君が六星鏡の火だとわかるのは、その右目に欠片を受けているからにほかならない。

「間違いなくあれは六星鏡から生み出された炎だった。私にはわかる」

右目を押さえながら成君はうなずいた。瞳の奥が共鳴するように熱を帯びるのは、六星鏡が関わっている証だからだ。

「ならば、これを見ろ」

うなずいた宇遠が、部屋の隅から老人に持ってこさせたのは、この鄭洛城の全景を収めた地図だった。それを卓に広げ、彼は先ほどの茶楼があったと思われる場所に紅い印を書き入れる。

「これは――」

成君は、つまんでいた棗を口に放り込みながらうなった。地図にはそれ以外にも、すでに四つの点が記されていたからだ。

「ここ半月のうちに放火のあった場所で、六星鏡が関わっていると思われるところだ」

「なぜわかったんだ？」

宇遠は六星鏡の火か見分けられないと言っていた。にもかかわらず、それらの点はすべて、六星鏡の放火と成君が確信しているところと一致している。

「放火は通常、人の目につかないよう夜に行われる。だがあの茶楼を入れてこの五カ所は、すべて真っ昼間に火が放たれている。しかもいずれの日も晴天だった」

合理的な説明に、成君は感心した。宇遠の言うとおり、常に晴れの日に凶行に及ぶのは、きっと火を熾すために陽光が不可欠だからに違いない。

「そうだ。はじめに火がつけられたのは、外城の西南——積善街にある庫だった」

成君は、印のつけられたその点を指さした。外城の南の城壁近く、やや西よりにそれはある。

運河沿いで発生したその火事に、成君が遭遇したのはまったくの偶然だった。到着して近くの茶楼で休んでいたときに騒ぎを聞きつけ、駆けつけると北方の燕《えん》州から運び入れたという小麦を保管していたそこが燃えていた。はじめは野次馬にすぎなかった成君だが、その火を視界に捉えたとたんに右目が熱を帯び、六星鏡が関わっていることを直感したのだ。

「だが、六星鏡を用いて呪を行っているのだとしても、犯人の目的がまったくわからなかった」

たんに庫を燃やしたかったのならば、六星鏡を使うなどまどろっこしいことをする必要などない。火種を持ち込めばいいだけのはず。

「そうこうしているうちに、次はそこよりもやや西北に位置する民家が焼かれた。そして次にはその東北にある古廟、そしてさらに東南の陶器店――」

次々と起こる火事に、成君はなすすべもなかった。すべて放火されたあとに駆けつけるだけで、それを防ぐことも、犯人を捕まえることもかなわなかったのだ。

（そしてあの茶楼だ……）

悔しさに成君が唇を噛《か》みしめると、宇遠もそれらの点を指さしながら言う。

「この四地点については、まるで方形を描くように放火されているだろう」

宇遠の言葉どおり、地図で見るとそれらは、たしかに近い地域に狙ったように火がつけられている。

「そして今度は、外城ではなく内城の西華街の茶楼が狙われた。これまでに五地点。この形に、なにか思い当たるものはないか？」

わからずに成君が眉を寄せると、宇遠は奥の机《き》に置かれた筆掛けから、筆を取ってくる。そして成君の眼前で、それぞれの地点の間を火事が起きた順に一筆で線を引いていった。すると――。

「まさか……六斗星か？」

宇遠によって描かれた柄杓《ひしゃく》の形に、成君はあっと声をもらした。六星鏡は、南斗六星を具現化した神――南斗星君の象徴だ。まさか、その形に沿って放火を行っているというのか。

しかし宇遠は「いや」と首を振った。

「厳密な火元がわからないところもあるから確信があるわけではないが……この形は南の六斗星でなく、北の七斗星だろう」

「七斗星……」

南斗六星と北斗七星は、どちらも柄杓のような形をしているが、やはり星間の距離や角度など、細かいところは違う。成君は、まだ墨の乾ききっていない地点をひとつひとつなぞりながら口を開いた。

「つまり、最初に放火された庫が、七斗星のなかの貪狼星を指しているということか？　そして次の民家が巨門星、古廟が禄存星、陶器店が文曲星、そして先ほどの茶楼が廉貞星――」

たしかに柄杓の先端にあたる武曲星と破軍星は欠けているものの、その形は北天に煌めく七星の形に見えなくもない。

「俺もあの茶楼が燃えるまでは半信半疑だった。おそらく犯人は、六星鏡の炎で七星を描くことで、なんらかの大がかりな呪を仕込んでいるのではないか？」

北の七星が「死」を司るのに対して、南の六星は「生」の象徴である。

六星と七星――つまり「生」と「死」というふたつの力がそろえば、人の寿命さえ変えられるとさえ言われている。

「本当に面倒だな。いったいなにが目的でこんなことをするんだ？」

思ってもみなかった壮大な呪術に、成君は頭を抱えた。もともと考えることは得意ではない。

「わからない。ここに喬賀がいれば、いろいろと思いつくこともあるだろうに。

だが古来この手の呪術は世を乱すために行われてきた。たとえば戦を起こすとか、疫病を流行《はや》らせるとか。それとも……」

「それとも、なんだ？」

「北斗七星は、皇帝の象徴とも言われている」

眼差しを細めながら、宇遠がつぶやく。

「つまり放火犯の真の目的は、皇帝の命ということか？」

宇遠は答えなかった。しかしたしかにこれだけ大がかりな呪であれば、その対象が一国の君主であっても不思議ではない。

「ただ今の時点で目的がはっきりしなくとも、犯人が六星鏡の火で七星を描いているのだとしたら、次に狙われる場所はある程度推測できる」

そう言って宇遠は、地図上の廉貞星からさらに北東へと線を伸ばした。

「ここは――？」

「紫雲座《しうんざ》――鄭洛でも名の知れた劇棚《げきほう》だな」

成君は盛大に息を吐きだした。

「前もって予測できるならば、対処のしようもあるだろう。ともかく、喬賀にも伝えなければ」

このように重要なときに、喬賀はどこに行ったのだろうか。普段は跟踪魔《ストーカー》のように成君につきまとっているくせに、先ほどはとうとう火事現場となった茶楼にさえ姿を現さなかった。火事に遭遇した際いち早く駆けつけられるように、二手に分かれることを提案したのは彼だというのに。

刺激的な都の生活が楽しくて、遊び惚《ほう》けているのだろうか。昔から喬賀は、なにか気になることがあると、それに熱中して寝食さえ忘れるようなところがある。

「喬賀とは誰だ？」

成君が自分のことを棚に上げて考えていると、宇遠が神経を尖らせた声で訊ねてくる。成君は、皿に残った棗をふたたびつまみながら答えた。

「私の同門の道士だ」

「南天宮の観主から聞いているのは、おまえのことだけだ。六星鏡が盗まれたことも呪のことも、極秘事項だ。関わる者は最低限にしたい」

「喬賀のことならば、観主様もよく知っているから心配はない。もともとは私と同じ邑《むら》の孤児でな。六星鏡が破損したとき、喬賀も私とともに南天宮にいたのだ」

当時のことを思い出しながら、成君は苦笑いする。もともと喬賀が道士になったのは、六星鏡を身に受けた成君が南天宮に引き取られることになったとき、自分もともに行くとごねたことにある。

「南天宮は女しか入れないから、大師父――つまり隠居されていた観主様の師父に引き取られたのだ。いつでも南天宮に入れることを条件にな。だから実際は師叔にあたるのだが、まあ、私にとっては弟のようなものだ」

まだ四つかそこらの喬賀にとって、同郷で同じ孤児だった成君の存在はよほど心強かったのだろう。そのためもともとは道士になりたかったわけではないのだろうが、成長するにつれて紙人を操るなど方術の才が開花した。そのうえ何事も突き詰める性格のため、知識も豊富で、今では一廉《ひとかど》の道士となっている。

「六星鏡が破損したとき……とは、太子の乱のおりか？」

「そうだ」

宇遠の言葉に、成君はうなずいた。

太子の乱とは、二十年近く前にこの紫微国で起きた内乱だった。当時皇太子であった隆瑛《りゅうえい》が、父——睿《えい》帝に反旗を翻し、皇帝を名乗ったことに端を発する。

その際隆瑛は、皇位継承の証である六星鏡を奪おうと南天宮に兵を向け、神器を守るために派遣されていた皇帝直属の禁軍と宮観内で激しくぶつかったのだ。

「そのとき南天宮は、内乱で焼け出された民たちの避難場所になっていてな。巻き込まれて親を亡くした私も、邑の者たちとそこにいたのだ」

そして幼かった成君は、両軍が神器をめぐって争う場に、運悪く居合わせてしまった。彼女の眼前で六星鏡は破損し、その欠片が右目に飛び込んできたのである。

その後隆瑛は討たれて自害に追い込まれたが、彼女の右目に深く刺さった欠片は、取り出すことはできなかった。

「子供のころの話なのであまり覚えていないが、観主様によると私は一週間以上高熱に浮かされていたらしい。だが、意識が戻ると目には傷もなく、視力にもなんら問題は出なかった。だがそれ以来、私の目には人の目には見えざるものが、いろいろと映し出されるようになってな」

右目を押さえながら、成君はさきほどから宇遠の足元で主を守るように身を伏せさせる獣を見つめた。六星鏡の欠片を目に受けていなければ、彼女とてこの獣をただの犬と思っていただろう。

悪いものではなさそうだと手を差し伸べてみると、獣はちらりと成君に一瞥をくれるが、ぷいと横を向いて懐こうとはしない。しかし彼女が背を撫でるに任せるからには、敵意を向けられているわけではなさそうだ。

御代《みよ》が代わると、即位した新帝は七星剣とともに六星鏡を祀って「祭天」を行う。睿帝が亡くなり、次の融《ゆう》帝が即位した際にも六星鏡は都に運ばれた。しかし神器の破損など、下手をすれば皇帝の権威の失墜にもつながるからだろう。公にされることはなく、今日に至っている。

そして今年のはじめ、今度は融帝が突然崩御し、新しい皇帝が即位する運びになった。そこで久しぶりに六星鏡を皇宮に戻そうと祭壇から下ろそうとしたところで、盗難が発覚したらしい。

「そういうわけでな、私にも喬賀にも、観主様には育ててもらった恩がある。窮地にあるとなれば、助けぬわけにはいかぬのだ」

代々の皇帝に伝わる神器が盗難されたとあっては、宮中から観主の責任を問う声が上がっているのは間違いないだろう。今は沙汰待ちの状況でも、このままでは観主は斬罪に処されるかもしれない。

そうなる前にかならず六星鏡を取り戻すと誓った成君を、宇遠は観察するようにじっと見つめてくる。

「ならば、ついて来るんだな。紫雲座を張るぞ」

やがて視線を外した宇遠は、彼女にそうそっけなく告げたのだった。

武曲星の炎

紫雲座《しうんざ》は、御街の東側、皇城にほど近いところに位置する瓦市《がし》にあった。瓦市とはすなわち歓楽街のことで、あたりには芝居小屋たる劇棚だけでなく、酒楼や妓楼などが軒を連ねている。

大都市である鄭洛《ていらく》には戯曲を興行している劇棚はいくつかあるが、そのなかでもこの紫雲座は、一度に数百人の観客を受け入れることのできる大型の棚だ。人気の理由のひとつは演者に女性が多いことらしく、可憐《かれん》な乙女たちが大道芸を取り入れた派手な立ち回りを繰り広げる様が、とくに喝采を浴びているのだという。

「おい、どうして俺がこんな目に遭わなければならないんだ!?」

その紫雲座の楽屋の煌々《こうこう》と連ねた紅灯の下で、喬賀《きょうが》が不機嫌な声をもらした。

さきほどから彼は、紫雲座の女たちの手で顔に白粉《おしろい》をはたかれており、そのうえ黛《だい》という青黒い顔料で眉を描かれていた。そのまま紅まで刷《は》かれそうになったところで、これ以上は耐えられないと思ったらしい。

「仕方がないだろう。あきらめろ」

成君《せいくん》は喬賀を宥《なだ》めた。この場に留《とど》まるためには、彼女たちの――というより、この紫雲座の座長である明嫦《めいじょう》の機嫌を損ねるわけにはいかないのだと。

天文台で宇遠《うえん》と話したあと一度宿に寄った成君は、先に戻っていた喬賀を捕まえることに成功した。

事情を話すと喬賀は、はじめは胡乱《うろん》な目で宇遠を眺めていたが、最終的にはうなずいてこの紫雲座へとついてきた。しかしそこで、このような目に遭うとは露ほども思っていなかったのだろう。

「そのとおりだよ。こっちだって終演後で疲れているのにつきあってやってるんだから、これくらい楽しませておくれ」

気風《きっぷ》よく一座を切り盛りする明嫦が、喬賀の目尻に器用に筆を刷きながら上機嫌に言う。女ざかりは過ぎているとはいえ、豊満な身体といい口元の黒子《ほくろ》といい、独特な色香のある女だ。

もともとこの紫雲座は明嫦の夫が座長を務めていたらしいが、夫の死後に彼女が引き継いだのだという。女性の演者を増やしたのも彼女で、そのおかげで以前よりも客足が増えたというやり手である。

「疲れているのならば、さっさと休めばいいだろう！　俺たちのことは放っておけばいいじゃないか」

成君たち三人は、六星鏡を使った一連の放火事件で、次に狙われるであろうこの紫雲座を見張ることにした。しかし六星鏡を使った呪が仕込まれていることを伏せて事情を話しても、はじめはまったく取りあわれなかった。

金を握らせても彼ら部外者の逗留《とうりゅう》を渋っていた明婳だが、しかしころりと態度を変えたのは、後ろからついてきていた喬賀の顔を見たからだ。

とはいえ劇棚の女たちが色めくのも仕方がない。

色白の肌に映える紅い唇と、けぶるような睫毛《まつげ》。喬賀は子供のころから少女とも見まがう可愛らしい顔立ちをしていて、今でも化粧を施せばそこらの女は太刀打ちできない容貌をしている。どうやらそれが、人一倍美意識の高い彼女たちの心に火をつけてしまったらしい。

「そうはいかないね」

案の定明婳は、喬賀の抗議にもにやりと口の端を上げるだけで、「せっかくの機会だ。楽しませてもらうよ」と化粧の手を止めることはない。

「おい、あんた!」

焦れたらしい喬賀が、彼を生贄《いけにえ》に差し出した宇遠に向かって怒鳴りつけた。彼は皓《こう》炎《えん》と呼ぶ毛むくじゃらの獣を脇に従え、ひとり部屋の隅でこの劇棚の見取り図を広げている。

これまでの五カ所の火事から類推して、火がつけられるのは太陽の出ている時間帯に違いない。そう考えた宇遠は、明朝までに人員を配置しようと、先ほどまで劇棚の裏方たちと話しあっていたのだ。

「次に狙われるのがここっていうのは、確かなんだろうな?」

女たちに化粧されている苛立ちも手伝って、喬賀は声を尖らせる。

喬賀にはここへの道すがら状況を説明してあるが、いまひとつ宇遠の考えを信じられないようだ。というより、どうやら彼はひと目見たときから宇遠が気に入らないらしく、不信感を隠そうともしない。

「たぶんな」

そんな喬賀に取りあうことなく、宇遠はそっけなく答えた。その態度が、ますます喬賀を激高させると気づいているかは不明である。

「あんたの予想が当たっていたとしても、火事が起きるのは昼間なんだろう!? 俺はいったん帰らせてもらう！」

「やめておくれよ、縁起でもない。たしかに最近、この鄭洛では放火が続いているけど、真っ昼間にこんな人込みで火なんてつけられるわけないじゃないか。警備も増やしているし、そのへんのところはちゃんと対策を取ってるよ」

駄々《だだ》をこねる喬賀を蓮《はす》っ葉《ぱ》な口調でしかりつけたのは、明婼である。

「ああ、いいね！　やっぱり最初に眉を抜いておいて正解だった。やっぱりこの形《なり》にするには、眉を細くしなくちゃね」

しかし明婼にとって、宇遠の話は現実味が感じられないのだろう。喬賀をより美しくすることに余念がないようだった。

苦笑とともにそれを眺めながら、成君はいつまでも眉間に皺を寄せたまま地図を見つめている宇遠が気になって話しかけた。

「なにか心懸かりなことでもあるのか？」

「ずっと考えていた。七星を描くにしても、なぜここだったのかと」

「……どういう意味だ？」

「貪狼、巨門、禄存、文曲、廉貞――」

宇遠が放火の現場となった地点をなぞりながら、ゆっくりと地図上に七星を描いていく。

「そしてこの紫雲座は、七星のうちの武曲星にあたる地点だ。そして最後の破軍星にあたるのは──」

紫雲座から北へと滑らされた指の先を見て、成君はあっと声をもらした。

「皇城か？」

「そうだ。そのなかでもここは、宮城の一画にあたる」

一般的には宮城も皇城も同義で使われる言葉だが、厳密に言うと宮城は、政の中枢である皇城に対して、皇帝が家族とともに私生活を営む区画を指すらしい。

となれば常に正規の軍によって警護されているはずで、火を放つどころか、忍び込むことさえ至難の場所だろう。

「おそらく、宮城に入ること自体は、犯人にとって容易《たやす》いことなんだろうよ。だとしても、もっと狙いやすい場所は、いくらでもあるはず。なのにわざわざこの七カ所を選んだ理由が気になる」

成君は宇遠の言葉に片眉を上げた。彼はなぜ、宮城に入るのが犯人にとって容易だと判じたのだろう。

「待て、喬賀！」

そこまで考えたとき、成君はふるふると震えている喬賀に気づいて慌てて彼を押しとどめた。そしてこれ以上は彼が持たないと判断し、明嫦に提案する。

「わかった! 喬賀の代わりに、私に思う存分化粧すればよい」

「え? あんたかい?」

「喬賀ほどではないが、私も充分にいい女だろう。好きにしてよいぞ」

虚を衝かれた様子の明嫦に、成君は胸を張って言う。

「ふうん」

はじめは乗り気ではなさそうだった明嫦だが、やがてにやりと口の端を上げると「いいよ」と請けあった。

「よく見れば、たしかにあんたもいい素材だ。肌もきれいだし、化粧映えもよさそうだ。こっちにおいでよ」

「そうだろう?」

褒められて気を悪くする者などいない。成君は上機嫌で喬賀の隣へと腰を下ろした。

しばらく大人しく白粉を塗られていた成君だったが、はたと気づいて宇遠に訊ねた。

「そういえばおぬし、妻帯者ではないか。こんなところにいて大丈夫なのか? 嫁御には、外泊をなんと説明したのだ?」

度重なる放火が、六星鏡を用いた呪によることは極秘事項であり、おそらく朝廷内でも知らされている者はごくわずかだろう。家族といえども事情を話せるはずはなく、そのせいで浮気を疑われたら気の毒だと思ったからだ。

「なぜわざわざ知らせる必要がある？」

だが宇遠は、成君の問いにそっけなく答えた。

「いや、家族が連絡もなく帰らなかったら、なにかあったのではないかと心配するだろう？」

「心配？　あれが？」

心底驚いたように眉をひそめた宇遠に、成君は顔を引きつらせた。

「おぬし、いくら政略結婚だとしても、嫁御に冷たすぎるのではないか？」

「押しつけられた嫁だと言っただろう？　向こうも俺の行動になど興味はないだろうよ」

「……なんだかおぬしと話していると、結婚に対する私の夢が壊れていく気がする」

夫婦というものは、もっとこうお互いを尊重し、慈しみあうものではないのだろうか。げんなりとつぶやいた成君に、宇遠はさらに言った。

「現実がわかっていいんじゃないか？　だいたいおまえこそ、よくそこまで結婚に夢を見られるな」

「……私は孤児だったと話したであろう。だから子供のころから、家族がおればいいと、ずっと思うておったのだ」

内乱で親を失ったあと南天宮に引き取られた成君は、観主やほかの師姉たちに可愛がられて育った。しかし彼女たちはやはり家族とは違う。寂しいというわけではないが、自分がこの世に存在してよいのだという礎のようなものが欲しいのかもしれない。

「家族などいればいるで、面倒なものだと思うがな。血のつながりほど、裏切られたときにやっかいなものはない」

「ああもう！　おぬしとは話が合わぬわ！」

嚙《か》み合《あ》わない会話に成君が苛立ったときだった。

険悪な空気を感じ取ったのか、明鏋に「さあ、できたよ！」と肩を叩かれる。期待に満ちた目で渡された手鏡を覗《のぞ》いた成君は、しかしそこに映った自分の姿に目を剝《む》いた。

「って、なんなんだ、これは!?」

喬賀のように可愛らしく化粧されていると思いきや、成君の顔には不自然なほど厚く白粉が塗られ、その上に青や赤といった隈《くま》取《ど》りが入れられている。

明嫦が笑った。

「だって、こっちのほうが絶対に似合うと思ったんだよ」

成君に施されていたのは、男性俳優がする舞台化粧だった。きりりとした太めの眉と切れあがった眦《まなじり》は強調され、ますます凜々しい顔立ちになっている。

「本当に素敵だよ。そのへんの男なんて目じゃないくらい……」

演者のひとりがうっとりとした眼差しを向け、明嫦が鼻息荒く言う。

「ねえ、この一座に入らないかい？　あんたならすぐに看板役者になれるよ」

それを横目で見ていた宇遠が、からかうように口を開いた。

「よかったな。女冥利につきるじゃないか」

「女にモテてもうれしくないわ！」

成君は叫ぶが、明嫦たちは一向にかまう様子を見せない。それどころか、金糸銀糸の入った派手な衣装まで持ち出してきて、成君にどれを着せるかでもめはじめた。着せ替え人形になりそうな雰囲気に、成君はぞっとする。

「あ、成君。どこに行くつもりだ!?」

慌てて立ちあがった成君を、隣にいた喬賀が呼び止める。

「厠だ！　ついてくるなよ!?」

そう言い放って成君は、女たちのなかから逃げ出した。そして舞台裏から客席となっている平土間のほうへまわり、人気《ひとけ》のない二階席へと続く階段を一息に駆け上った。

「まったく、たまったものではない」

とりあえず暗闇に身をひそめた成君は、あたりに誰もいないことを確認してほっと息をついた。

視線をめぐらせると、二階には手すりにそって舞台を取り囲むように卓子が並べられており、茶や小吃《シャオチー》——つまみや軽食を楽しみながら観劇できるのは、平土間の一般客と同じようだ。

とはいえ二階桟敷は席料も高いために、出されるものも豪華に違いない。卓子の間隔もゆったりとしており、きっと裕福な商人やお忍びで来た高官などが利用するのだろう。

「っと！」

舞台が跳ねた今も提灯がかけられている一階と比べて、桟敷席は明りがほとんどなかった。足元に転がっていたなにかに躓《つまず》きそうになった成君は、わずかな光明をもとめて窓にかかる緞帳《どんちょう》を開いた。

細い路地を挟んだ向かいに見えるのは、酒楼だった。二階建ての建物には丸い紅灯が煌々と連なり、窓を開けると管弦の調べだけでなく、美味しそうな匂いまで漂ってくる。

「そういえば腹が減ったな。外でなにか買ってくるか」

酒楼で豪勢な食事とはいかなくとも、劇棚の正面は大通りにあって、あたりには麺類などの屋台が出ていたはずだ。

音の鳴った腹を撫でた成君が、大通りの様子を探ろうと身を乗り出したときだった。視界の隅にぱっと明るいものが映り、思わず振り返る。すると細い路地に面した木塀から立ち上る炎が見えた。

「なっ――」

赤々としたそれに右目が共鳴するように熱を帯び、成君は絶句する。間違いなく六星鏡の炎だ。

陽光のない夜半に、どうやって火を熾したのか。そんな疑問が頭をよぎるなか、塀の陰から炎に照らされた人影が出てくる。目をこらすと、黒い袍衫をまとった男のようだ。

「おい！」

思わず怒鳴りつけると、男ははっとした様子で周囲を見まわした。劇棚の二階にいる成君と目が合ったとたん踵を返して逃げ出したのは、放火を見られたことに慄《おのの》いたからだろうか、それとも成君の顔に施された隈取りに驚いたからだろうか。

「待て！」

追いかけようにもここは二階である。成君は舌打ちすると、紫雲座のなかにむかって声を張りあげた。

「火事だぞ！　酒楼側の塀に火を放たれた！」

成君の声に紫雲座のなかは騒然となった。裏で休んでいた演者たちが、転がるようにして平土間に飛び出してくる。

「火を消すんだよ！　隣の月華楼《げっかろう》にも教えておやり！」

明端がきびきびと指示を飛ばすなか、成君は窓に足を掛けて跳躍した。いったん眼下にあった塀を踏みつけて勢いを殺し、さっと路地へと着地する。そして男の消えたほうへ走りだすが、すぐに炎を上げる木塀の近くに転がっていた手桶《ておけ》に躓いてしまう。

「周到なことだ」

一気に炎が上ったのは、油を撒《ま》いていたかららしい。どのようにして六星鏡の炎を熾したのかはわからないが、放火されるならば太陽の出ている昼間に違いないと思い込んでいたために、完全に裏をかかれてしまった。

幸いなことに、細い一本道のおかげで男を見失うことはない。前方に捉えた人影を追いかけながら、成君の脳裏に、火をつけられた茶楼の女将が泣き崩れている光景が浮かぶ。

いや、茶楼の女将だけではない。火を消そうとして火傷《やけど》を負った庫の持ち主、民家から焼け出されて座り込む子供、毎日欠かすことなく詣でていた古廟を失い途方に暮れる老女、燃え盛る店内から危険も顧みずに壺《つぼ》や器を運び出していた陶器店の主——。

それらの記憶が一度に押し寄せ、成君は懐から針を取り出した。

「絶対に逃がさん！」

もうこれ以上の犠牲を出すわけにはいかない。そう思った成君は、男に向かって思いきり針を放った。

「うっ——！」

脹脛《ふくらはぎ》に命中したのだろう。低く呻《うめ》いて転がった男に、成君は怒鳴りつけた。

「放火犯め！　盗んだ六星鏡はどこだ!?　大人しく私に寄越《よこ》せ！」

しかし捕らえようと駆け寄ったところで、男が地面に膝をついたまま小刀を投げつけてくる。それを避けようとしたところにさらに一本飛んできて、容易には近づけない。

「成君！」

「喬賀——って、おぬし、なんて格好をしているんだ!?」

ようやく来たかと思って振り返った成君だったが、彼女を追ってきた喬賀の姿を目にしたとたん絶句した。化粧を施されただけではない。ひらひらとした襦裙《じゅくん》を着せられた喬賀は、どこからどうみても可憐な女性にしか見えなかったからだ。

「なんて格好もなにも、おまえが途中で逃げるから、代わりに俺がこんな目に遭ったんだろう!?」

しかし口から飛び出す言葉は乱暴極まりなく、豪快な裾捌《さば》きで大きくめくれあがった裙からは男にしては白い足が顕《あら》わになっている。

「待て、私のせいだというのか!?　——って、逃げるな！」

言いあいをはじめたふたりの隙をついて逃亡を図る男を、成君は追いかけようとした。しかし喬賀が同時に放っていた紙人にぶつかり、転んでしまう。

「なぜ邪魔をするんだ、喬賀！」

「邪魔しているのはおまえだろう、成君！」

細い路地で紙人に視界を遮られ、針を使うこともできない。ふたたび言い争いそうになるふたりに向かって、とっさに路地の反対側から回ってきたらしい宇遠が怒鳴りつけた。

「逃がすな！　殺さずに捕らえろ！」

「言われなくても……」

南天宮では殺生が禁じられている。そのつもりだと、成君はふたたび針を放とうとした。しかしやはり紙人が邪魔でかなわない。すると向こうで宇遠が舌打ちするのが聞こえた。

「行け、皓炎！」

宇遠の声とともに、毛むくじゃらの獣が俊敏に木塀の上を駆けぬけた。

「うっ……！」

男は獣に気づいて踵を返すものの、背後から飛びかかられて足を止める。その瞬間を逃さず成君は、一気に駆け寄ってみぞおちを一突きした。男は後ろに数歩よろめき、酒楼側の塀に寄り掛かるようにしてがくりと膝をつく。

「おぬし、何者——」

「おまえ、なにが目的かさっさと言え！」

成君はそのまま男に詰めよろうとしたが、喬賀が彼女を押しのけ、男の肩をつかもうと腕を伸ばす。そのとたん、男が「ひっ——」と息を呑《の》んだ。

「よせ！」

反対側から宇遠の制止する声が響いた。かと思うと、男がぐっと歯を食いしばる。

何事が起きたか成君が理解する前に、宇遠が倒れた男に走り寄った。そして男の口を無理やり開かせようとするが、唇の隙間からどす黒い血があふれてくる。

「毒……？」

奥歯に仕込んであったのか。宇遠が吐かせようとしたが、ぱたりと地に落ちた腕に男の死を覚《さと》る。

まさか自害するとは思っていなかった成君は呆然《ぼうぜん》とした。なんとあっけなく、後味の悪い幕切れであろうか。「くそっ」と宇遠が悪態をついた。

「放たれたのは、間違いなく六星鏡の火だったのか？」

喬賀も、これまでと違って夜半に放火されたことに驚いているのだろう。背後を振り返りながら確認してくる。どうやら消火はうまくいっているようで、茶楼の火事のときのように、空を舐《な》めあげるような炎は見えない。

「ああ、間違いない」

うなずきながらもやはり得心がいかないでいると、宇遠が眉をひそめたまま、すでにこと切れている男の身体を検《あらた》めていることに気づく。

「六星鏡はあったか？」

この者が犯人であれば、鏡を持っているはずである。しかし成君の問いに宇遠は首を振った。

「では六星鏡はどこに……？　いや、そもそも六星鏡を持っていないのならば、どうやって火をつけたんだ？」

成君は男を追ってきた細い路地に視線を向ける。暗くてよく見えなかったとはいえ、男が鏡を落とした気配はなかったはずだ。

「おそらく、太陽の出ている昼間に火を熾しておいて、それを持ち込んだんだろう。まさかそれも呪に用いることができるとは思わなかったが――」

完全に裏をかかれたと、眉をひそめながら宇遠がつぶやく。その手がふと止まり、成君は訊ねた。

「どうした？」

「こいつは……宦官《かんがん》だな」

「宦官だと？」

つまり去勢された男ということだ。成君はぽかんと口を開けた。

「つまり、この男は宮城に仕える者ということか？」

権門の私邸などに仕える宦官もいないわけではないが、多くはない。また年老いた者が皇城の外で暮らすようになることもあるが、この者はまだ壮年で、お役御免になるには早い気がする。

「たぶんな」

「宦官が、なぜ六星鏡を使って放火を続けていたんだ？　まさか本当に、皇帝の命を狙っていたのか？」

六星鏡の呪の目的が皇帝の命だったかどうかはまだわからないが、そうだと仮定して成君は首をひねる。

しかし納得できることもあった。宇遠の推測では、七星の最後の地点である破軍星にあたる地点は、宮城のなかにあるらしい。警備の厚い宮城にどのように忍び込んで火を放つのかと思っていたが、宦官であればなんの問題もない。

「この者は、皇帝になにか怨《うら》みでもあったのだろうか。たとえば新帝がものすごい暴君で、ひどい目に遭わされたとか――」

「それとも、新帝を邪魔に思う者から命じられたか、だな。六星鏡を持っていなかった以上、そう考えるほうが自然だろう」

面白くなさそうに、宇遠が言う。男を捕らえた以上、もう新たな被害は出ないと安《あん》堵《ど》していた成君は、その言葉に愕然《がくぜん》とした。

「ということは、放火はこれで最後ではないということか？」

「そうだ。だから生け捕りにして、口を割らせたかったんだが……」

「つまり、宮城に六星鏡を盗んだ真の犯人がいて、そいつが皇帝を狙っているということなんだな？」

死んだ宦官は、その者に命じられて火を放ったにすぎないということだ。なかなか陰謀めいた話になってきたと成君はうなった。

宮城で暮らしているのは、狙われている皇帝だけではない。おそらく大勢の妃嬪《ひひん》や、皇族もいるはずで、そのなかの誰かが、この六星鏡の呪を主導しているというのだろうか。

「少なくとも、宮城に出入りできる者ではあるんだろう。いずれにしても、次に狙われるのが宮城なのは間違いない。行く気はあるのか？」

「当然だろう」

訊ねてきた宇遠に、成君はうなずいた。

首謀者がなにを企んでいるとしても、必ず六星鏡は取り戻してみせると——。

「さあさあ、とりあえず座っておくれよ。あんたたちのおかげで小火《ぼや》ですんで、うちは被害なしだ」

＊

紫雲座に戻ると、明婧が下にも置かない態度で三人をなかへと招き入れた。腹が減っているだろうと豪華な料理を並べ、彼らを歓待してくれる。

「おかげで助かったよ。あんな裏手で火事なんか起こされたんじゃ、気づくのに遅れてうちも大変なことになっていただろうからね。ああ。ここにある菜《さい》は、みんな隣の月華楼の主が寄越してくれたもんだ。あちらもたいしたことはなくて、主も三人に感謝していると伝えてきたよ」

「いや。未然には防げなかったが、それでも被害が少なくて本当によかった」

顔についた火事の煤《すす》ごと隈取りを落とした成君は、すっきりとした気持ちで言った。

そして円卓に並んだ皿の数々に目を輝かせる。

甘酢をからめた鯉《こい》の素揚げや、羊肉の蓮《はす》の葉包み、蟹《かに》や浅蜊《あさり》の炒《いた》め物——。湯気を放つ美味しそうなそれらを見て、成君は腹が空《す》いていたことを思い出す。しかし箸をつけようとしたところで、先に席についていた喬賀が、なぜか不機嫌な表情で成君を睨みつけているのに気づいた。

「食べないのか？　いやそもそも喬賀、なぜ着替えないんだ？　そんなに女の格好が気に入ったのか？」

「誰がだ！」

煤で汚れたところは落としてあるようだが、先ほど明婧たちに着せられた襦裙のままでいる喬賀に訊ねると、声を荒らげられる。

「あの男が、俺にこのままでいろと」

「宇遠がか？　そういえばやつはどうした？」

成君は部屋のなかを見まわしたが、彼の姿はどこにもない。成君が顔を洗っているうちに、どこへ消えたのだろう。

「ああ、あの人だったら、文を書きたいと言うから、向こうの部屋に案内したよ。うちの童を使いに貸してやったから、すぐに戻ってくるんじゃないかい？」

そう言い置いて、明婧も部屋から出ていった。その後ろ姿が扉の向こうに消えるのを確認してから、喬賀が口を開く。

「あの男、何者なんだ？」

「何者って……司天監の監正だとさっき話したではないか」

「司天監の監正ごときが、俺たちを簡単に宮城に入れられるものなのか？」

六星鏡を取り戻すために宮城へ行くと告げた成君に、宇遠はすぐに、手配すると請けあった。

だが宮城は、皇帝やその妃嬪たちが暮らす場所である。限られた者しか立ち入ることはできないはずなのに、彼はどうやって成君たちを送り込むつもりなのか。

「官人なのだから、そのあたりの伝手《つて》はあるんだろう」

喬賀が気にする理由がわからず、成君はおざなりに言う。ふたたび皿に箸を伸ばしたところで、喬賀がぽつりとつぶやく。

「それにあの獣……」

「獣って、皓炎のことか？」

常に宇遠につき従っている毛むくじゃらの獣を喬賀が気にしていると知り、成君は目を瞠《みは》った。はじめて遭遇したときに襲ってこられたが、普段は大人しく、宇遠に命じられなければ常に彼の足元に静かにたたずんでいる忠義者だ。

「あれは本当に鬼怪なのか？　鬼怪が持つ禍々《まがまが》しさというか毒というか、そういうものをいっさい感じないぞ」

成君は、宇遠の傍らから一時も離れようとしない獣を思い浮かべた。宇遠以外にはまったく懐こうとせず、喬賀などは、はじめて宇遠と会ったときにひどく唸《うな》られ威嚇されていた。

しかしあの獣が側にいると、たしかに禍々しいというよりは、なにやら清涼な気持ちにさせられる。気持ちが凪《な》ぐとでもいうのだろうか。

「だが、ああいうものに、鬼怪という以外の呼び名があるのか？」

成君が首をひねると、喬賀も答えず考え込むように押し黙った。その獣を連れて宇遠が戻ってきたのは、それからしばらく経ってからだった。

「あんた、どうやって俺たちを宮城に入れるつもりなんだ？」

喬賀は席に着いた宇遠へ、鋭い視線を向けて訊ねた。

「それについては心配ない。もう手はずは取った」

「もうか？」

これにはさすがの成君も驚いた。宮城に入るためには、おそらく頭が痛くなるほど煩雑な手続きが必要だと思っていたからだ。

「食べ終わるころには迎えが来るはずだ」

「迎え？」

どこからだろうと成君は眉をひそめたが、宇遠はそれ以上なにも言わずに菜を食べはじめる。そして食事も終盤に差し掛かったころだ。叩扉《こうひ》の音とともに明婧が飛びこんできて、戸惑った声をかけてくる。

「ちょっと、あんたたちに客人だよ」

何事かと思って振り返り、そして成君も目を瞠った。明婧に案内されて入ってきたのは、ひと目で上質とわかる有襴《うらん》の袍衫をまとった一団だったからだ。なかなかの威圧感に成君が言葉を失っていると、その先頭にいた老人が口を開いた。

「お迎えに上がりました、皇上」

「……は?」

皇上?

成君が聞き間違いかと思っていると、隣に座っていた宇遠が鷹揚《おうよう》に口を開いた。

「そなたが直々に来たのか、郭《かく》太師」

思わず振り返る。口調さえ、それまでの宇遠とは違った。

「宮城の外に出るなとは申しませんが、せめて供をおつけください」

「そうだったな。なかなかこれまでの癖がぬけなくて困る。これからは気をつけるとしよう」

成君の目の前で交わされる遣《や》り取《と》りに、うまく働かない頭が、ようやく結論を導き出す。

「はあ⁉」

叫んだとたん、大きく開いた口に包子を詰めこまれ、成君はもごもごと声を漏らすしかできなくなる。いまだに状況が受け入れられない成君と喬賀の前で、郭太師と呼ばれた老人が、眇めた眼差しで女装したままの喬賀を眺めた。

「後宮に新しく妃嬪を迎えられたいとのことですが、こちらの女人ですか？」

「そうだ。美しい女子であろう？」

当然のように答えた宇遠に、成君はさらに目を剥いた。

「ですが、このような芸妓《げいぎ》を後宮に迎えるというのは……」

郭太師は、喬賀のことを紫雲座の者と勘違いしているのだろうか。そもそも演者と芸妓はまったく違うものだが、きっと彼らにとってはたいした差異はないのかもしれない。

（いや、問題はそこではなくて……！）

喬賀は男だ。にもかかわらず妃嬪とはどういうことなのか。

「皇上もお若いのですからそういったこともございましょう。ですが後宮にも美しい花はありましょうに」

渋い表情を浮かべる郭太師の機嫌を取るように、隣の男が言った。すると宇遠はこれまで見たことのないやわらかな笑みを浮かべ、穏やかに彼らに返した。

「郭太師の娘に不満があるというわけではない。寛容な太師のこと、このくらいのことでは気を悪くはしまい」

「それは……我が娘では、まだお相手仕《つかまつ》ることもできませんし」

寛容と持ち上げられて、反対はできなかったのだろうか。郭太師は言いよどみながら、そう答えた。

「ならば、即刻宮城に連れて戻る。政を任せられる有能な臣下を持て余は果報者だ。こうして心置きなく遊べるからな。感謝しておるぞ」

呆然とする成君と喬賀の前で、宇遠は啞然《あぜん》とする臣下たちに対して笑みを深めたのだった。

宮城の瞬き

「おぬし、おのれが皇帝だなどと、一言も言わなかったではないか！」

押し込められた馬車のなかで、成君《せいくん》は怒髪天を衝《つ》く勢いで宇遠《うえん》に詰め寄った。

紫雲座で宇遠が郭《かく》太師たちと交わしていた会話を思い出すと、ふたたび怒りが沸きおこってくる。しかしそんな成君にも、彼はどこ吹く風といった様子だ。

「俺ははじめからちゃんと范《はん》姓を名乗っていたぞ。気づかなかったのはおまえたちだろう」

うそぶく宇遠に、成君はぐっと声を詰まらせた。「范」といえば、たしかに現王朝の皇帝一族の姓だ。そのことを疑問にさえ思わなかったのは、たしかに迂闊《うかつ》だったかもしれないと。

「だ、だがおぬし、自分を天文台の責任者と言っていたではないか」

だからこそ成君は、宇遠のことを司天監の監正と思い込んでいたのだ。まさか彼が、即位したばかりの新帝とは夢にも思うまい。

「そうだ。司天監を管轄する秘書省も、最終的には皇帝である俺が統括している。まあ、名目的にだが」

宇遠が屁理屈《へりくつ》を述べる。そのどこまでも悪びれない態度に、成君はぶるぶると唇を震わせた。

「それで？　どうして俺が、おまえの妃嬪にならなければならないんだ？」

喬賀《きようが》のほうがまだ冷静さを失っていないようで、静かな口調で宇遠に訊ねた。しかしその押し殺した声にこそ、彼の怒りが込められている。

無理もない。女装させられたばかりでなく、男の身で皇帝の妃になどと言われれば、誰だって腹が立つだろう。

「おまえたちは、次こそ六星鏡を取り戻すんだろう？　後宮で動くには、ある程度の地位はあったほうがいい。それに怪しまれずにおまえを男子禁制の宮城に入れるのに、それ以上の名目があるのか？」

「宦官でいいだろう!!」

我慢の限界とばかりに、喬賀が声を荒らげる。成君も激しく同意した。

「そのとおりだ！　もしおぬしの考えどおりだとしても、なぜ喬賀が妃嬪で、私が侍女なのだ。どちらかを妃に仕立てなければならないのならば、当然女の私がなるべきではないか！」

成君は、紫雲座で着せつけられた侍女用の襦裙の裾を蹴りあげながら抗議する。喬賀の言うとおり、ふたりを後宮に入れる名目は、成君が妃で喬賀がそのお付きの宦官でも一向に構わないはずなのにと。

するとと宇遠が、目を丸くして言う。

「なんだおまえ、俺の妃になりたかったのか？」

「そんなことは言っておらぬわ！」

女としての矜持《きょうじ》の問題だと主張した成君だったが、はっと思い至って語気を弱める。

「そうか、気づかなくてすまなかった。おぬし男色の気があるのだな……」

だから嫁御にも冷たいのかと、成君はうなずいた。

「……冗談はよせ」

「俺のほうが冗談じゃないぞ！」

それならば仕方がないと押し黙る成君に、宇遠と喬賀が互いに心底嫌そうな表情を浮かべる。

それならばなぜと視線で問いかけた成君に宇遠は言い放った。

「仕方がないじゃないか。そのほうがらしいいんだから」

彼の筋書きは、お忍びで訪れた劇棚で目にした可憐な娘を気に入り、後宮に入れることにしたというものらしい。

つまりこの男は、一目惚《ひとめぼ》れをするには成君では説得力に欠けると判断したのだ。

「ぐぬぬ……」

紫雲座の面々によって化粧を施された喬賀の絶世の美女ぶりを前に、なにも言えないでいると、本人が「勝手に決めるな……」とますます鼻に皺《しわ》を寄せる。

「だ、だとしても、なぜそんなまどろっこしい手を使わねばならぬのだ!? おぬしが皇帝だというのなら、私たちが六星鏡を取り戻すまでもない。おぬしが臣下に命じればいいだけではないか！」

宮城には、皇帝の手足となる者が大勢いるはずで、ふたりの出る幕などないだろう。

成君がそう言うと宇遠は首を振った。

「いいのか？ 俺が六星鏡の盗難を公にして官吏たちに捜索と奪還を命じたら、南天宮の観主は軟禁などという生ぬるい処罰ではなく、即刻斬首になるぞ」

「……なんだと？」

「今のところ、六星鏡の行方がわからないことを知っているのは、観主から直接報告書を受け取った司天監の監正と、俺だけだ。六星鏡は国家の神器。それを失ったとなれば死罪以外にない」

「まさかそんな……」

思っていた以上に厳しい現実に、成君は絶句した。

「皇帝といっても、俺にはなんの実権もないからな。俺にできることといえば、せいぜい観主からの報告書を紛失した体を装うことくらいだ」

「実権がない？」

「命じられる者がいるなら、六星鏡の呪についても、わざわざ自分で調べるものか。宮中の者は、みな郭太師の息がかかっていて、誰のことも信用できない」

「郭太師って、さっきの老人か？」

成君は、紫雲座に現れた一行の先頭にいた白髯の男を脳裏に思い浮かべる。妃嬪に迎えると宇遠が宣言した喬賀のことを、最後には睨みつけるようにして紫雲座を去っていった。正直、偉そうであまりよい印象は受けなかった。

「そうだ。俺は皇帝といってもお飾りで、すべての権限は、あの郭太師が握っている」

「どういうことか説明しろ」

あっけらかんと肩をすくめた宇遠に、喬賀が低く問うた。

「俺は先帝である融帝《ゆう》にとっては、伯父の孫にあたるんだが――」

宇遠はそう言って、彼が皇位に就いた経緯についてふたりに説明をはじめた。

「融帝は先々帝の末子の子で、幼くして皇位に就いたが、今年のはじめに子を残さずに崩御した。本来であれば彼の兄弟なりに後を継がせればいいのだろうが、あいにくこの国には、皇族と呼べる者がほとんど残っていなくてね」

「――太子の乱のせいか？」

宇遠の言葉に成君は、みずからの右目に六星鏡を受けることになったその乱について思い出した。

英明な君主と謳われていた先々帝の睿帝《えい》は、しかし年老いるにしたがって、おのれの皇位が息子たちに狙われているという疑心暗鬼に陥ったという。

皇太子であった彼の長子、隆瑛《りゅうえい》が兵を挙げたのも、父帝を呪い殺すための呪詛を行ったと睿帝から嫌疑を受けたことが契機だった。

太子の乱と呼ばれるその反乱はすぐに鎮圧されたが、その後も睿帝は、息子たちをはじめとして、皇位を継ぎうる親族を片っ端から殺していった。病死していた末子の子で、まだ幼かった融帝のみを残して。

「そうだ。そのせいで、いまこの国には、皇位を継げる者がほとんど残っていない。

そこであの郭太師が、隆瑛の孫で、獄吏の機転によって侶州に逃されていた俺に白羽の矢を立てたというわけだ」

しかし皇帝として迎えられたものの、宇遠は郭太師によって政からは一切遠ざけられているらしい。彼自身も、郭太師に警戒されないよう、城下で遊興にふけっているよう振舞っているという。

「それでおぬし、皇帝のくせにひとりでふらふらと城下へ出てこられたんだな」

それだけではない。おそらく彼が、常日頃から政に興味がないと思わせているからこそ、突然市井から芸妓を連れ込むと言っても疑う者がいなかったのだろう。

「で、あんたはその郭太師こそが、六星鏡を使った呪を仕組んでいると思っているわけか？」

「え、そうなのか？」

喬賀の問いというよりは確認の言葉に、成君は思わず宇遠の顔を見た。

「あんたは死んだ宦官に放火を命じた者について、宮城の者というよりは、宮城に出入りできる者だと考えているようだった。つまり、郭太師のことを想定していたんじゃないのか？」

宇遠には黒幕について思い当たる人物がいるように成君も感じていたが、喬賀の推測を聞くとなるほどと納得する。

「そうなのか？」

「――これは今まで話さなかったんだが」

宇遠は明確に答えることなく、ふたりにそう前置きしてから告げた。

「六星鏡が盗難されたすこし後に、北天宮から運ばれてくるはずだった七星剣も行方がわからなくなっている」

「なんだって？」

成君は眉をひそめた。七星剣といえば、六星鏡と対になる神器である。まさかそちらも盗まれていたなんて――。

「おぬし、そんな大切なことを、なぜもっと早く言わない!?」

「言う必要があったのか？　おまえたちは、南天宮の観主を救うために、六星鏡さえ取り戻せればよかったんだろう？　もし紫雲座で奪い返せていたら、こうして宮城まで行くこともなかったはずだ」

「それはそうだが……」

たしかに当初は、六星鏡の盗難の裏に、国家の根幹にかかわるような大きな陰謀が隠されているとは思っていなかったのは事実だ。しかし六星鏡の呪について話したときに、一緒に打ち明けてくれてもよかったのではないかと成君は思う。

「七星剣が北天宮を出たところまでは、同行していた司天監の者の証言で確認が取れている。しかし皇城に到着してから保管されていた箱を開けると、すでに消えていた」

「どういうことだ？」

「すぐに行方を捜させたところ、運搬の護衛についていた者が持ち出した形跡があった。しかし捕らえようとする前にその者は死に、背後関係を確認しようとしたところで、郭太師が捜査を打ちきった」

「それでおぬしは、七星剣を盗ませたのが、郭太師と考えているんだな？」

「……断言はできない。だが、まったくの無関係ならば、捜査を阻んだりしないはずだろう」

城市で六星鏡を使った放火がはじまったのは、そんなときだったという。

「もちろん、六星鏡と七星剣を盗んだ者はそれぞれ別人かもしれない。だがこの場合、同一犯だと考えるのが定石ではないか？」

「それはそうかもしれないが……」

それだけで判じていいものなのだろうか。多少強引に思える推測に、成君は、どことなく宇遠が、犯人が郭太師であってほしいと望んでいるように感じた。

「いずれにしても、神器を盗み出した者の目的がはっきりしない以上、誰のことも信じるわけにはいかない」

例外は司天監の監正をはじめとするわずかな者のみだと、組んだ足に肘をついたまま宇遠は言った。

南天宮の観主から六星鏡盗難の連絡を受けた司天監の監正は、放火事件からそれを用いた呪に気づいて、宇遠個人に密《ひそ》かに上奏してきたのだという。

「それが、天文台にいたあの袁彬《えんりん》という老人か」

つまり南天宮の観主が六星鏡の欠片が成君の目にあることを告げた相手も、あの袁彬ということだ。たしかに観主が成君の秘密を打ち明ける相手であれば、そのほうがしっくりとくる。

しかし胥吏である司天監の監正では、地位は低く、宮中ではなんの力もない。また年齢を考えても、あまり無理はさせられないのだろう。そのほかの者も、郭太師の動向を監視するだけで手一杯のようだ。

「わかった。おぬしに協力してやる」

馬車の天井を仰ぐようにしてため息をつきながら成君は言った。

宇遠には、協力者と呼べる者がほとんどいないのだ。呪によって自分の命が狙われているかもしれない状況だというのに。

しかしおのれのみで対処しようとしたものの、紫雲座で黒幕を突き止めることができず、いよいよ残っているのは七星の最後、破軍星のみ。宇遠もこれまでのように、ひとりで動くことに限界を感じたに違いない。

市井から妃嬪を入れるという名目で、宮中と関わりのない喬賀と成君を後宮へ入れるのは、彼にとっての苦肉の策なのだ。

「だがおぬし、もう少し素直になれ。困っているのなら困っていると言ってくれれば、こちらだってはじめから、できるかぎりのことはするのだから」

六星鏡さえ取り戻せればいい成君たちとは違い、次に呪の炎を熾されたら、彼は死ぬかもしれないのだ。

わざわざ観主の命を盾に脅すようなことを言わなくてもいい。成君がそう告げると、宇遠は虚を衝かれたように押し黙った。

よほど他人のことが信じられないらしい。皇帝というものも面倒なものだと成君が思っていると、先に視線をそらしたのは宇遠だった。そして彼は、そっけない口調でつけ加える。

「……言っておくが、六星鏡がないことを隠しておけるのも、祭天が行われる冬至の日までだ。祭天の際に神器がなければ、六星鏡の紛失は隠しようがないからな」

「冬至って、あと一週間しかないではないか！」

成君は頭を抱えた。それまでに六星鏡を取り戻さなければ、観主の命はないなんて。

「ということは、黒幕が冬至までに破軍星にあたる場所に仕掛けにきてくれることを祈るしかないのか……」

ため息とともに成君がつぶやいたときだった。ふいにガタガタ鳴りつづけていた車輪の音が止まった。

「宮城に到着したようだな。ここからは歩きだ」

宇遠は外の様子を窺うと、話を打ちきった。そして馬車を出ると、喬賀に向けて手を差し伸べてくる。どうやら市井で気に入った娘を後宮に入れるという演技をしているらしい。

げんなりした顔つきでその手を取った喬賀に続いて、成君も馬車から降りた。

「ここが、宮城か……」

馬車で移動している間に、いつの間にか夜は明けきっていたらしい。朝日に照らされた宮殿がその壮麗な姿を顕わにしている。どこまでも続く殿宇の瑠璃色の甍《いらか》に陽光が弾かれる眩《まぶ》しさに成君は目を細める。

「ちょっと待て、男子禁制ということは、まさか宮城には、女しかいないということか？」

しかし宮墻《きゅうしょう》に挟まれた通路を歩きはじめたところで、はたと気づいた成君は足を止めた。

「当たり前だろう」

なにか問題でもあるのかと、宇遠が振り返る。

「冗談ではない。私は獵婚せねばならぬと言ったであろう！　そんな女だらけの世界にいては、いつまで経っても夫となるべき男と出会えぬではないか!!」

これではなんのために南天宮を出たのかわからない。成君がそう口にすると、「おまえ……」と喬賀が顔を引きつらせた。

「安心しろ」

成君の不平に、宇遠も「それか」とあきれた声をもらす。そしてどうでもいいことのように説明する。

「范王朝の宮城は、そこまで規則が厳格じゃない。後宮にあたる一部の区画を抜かせば、宮城といえど男子の出入りは禁止されていない。しかもおまえは妃嬪ではなく侍女だ。行動にたいした制限はないだろうよ」

そして宇遠はにやりと笑みを浮かべる。

「宮城に出入りができる男となれば、みな高官ばかりだ。名家の者、大尽も多いからな。いい男が選び放題じゃないか」

「爺《じじい》しかおらなかったではないか！」

先ほど紫雲座まで宇遠を迎えにきた一団を思い浮かべ、成君は叫んだ。

国家の中枢にまで上りつめた高官となれば、長い年月をかけて昇進するうちに、みなそれなりの年齢になっているはずだ。若くして皇帝の御前に召されるような能吏がいたとしても、そういう者は、とっくに買い手がついているに違いない。

「失礼なことを言うな。みなその方面にかけては、現役のつもりなのだからな」

「……おぬし、本当に性悪な奴《やつ》だな」

恨めしい声をもらす成君にかまわず、宇遠は立ち止まって言った。

「ここが、宝慈殿《ほうじでん》だ。おそらく次に放火犯に狙われるであろう、な……」

「宝慈殿——」

つぶやく喬賀にうながされ、成君もその荘厳な殿宇を見上げる。

「とりあえず、やるしかないということか」

あきらめた成君はそうため息をこぼしたのだった。

＊

宝慈殿は、紫微国の宮城のなかでも代々の后妃《こうひ》が住まう、由緒正しい宮殿らしい。近年では先帝の皇后であった現皇太后が、宇遠が即位するまでここで暮らしていたという。

眼前にそびえる立派な殿宇は、丹塗りの柱に瑠璃色の甍が映え、いくつもの花灯籠が吊《つ》り下《さ》げられている。

「これが、七星最後の地点か」

破軍星にあたるこの宮殿に、宇遠は喬賀を妃嬪として迎える通達をしたらしい。大理石の階《きざはし》を上ると、殿宇の前で十人近い女たちが彼らを待ち構えていた。想像していたとおり、女ばかりが立ち並んでいるのを目にして、成君は思わず「うっ」と息をつまらせる。

「父から連絡を受けてお待ちしておりましたわ」

みなが一様に、険しい表情を浮かべながら喬賀に値踏みするような眼差しを向けているなか、口を開いたのは一団の先頭にいた少女だった。

まだ十歳を越えたばかりと思われるその少女は、花鳥を織り込んだ朱色の襦衣に、なにやら派手な鳥を刺繍《ししゅう》した金襴《きんらん》の長褙子を羽織っていた。しかも結いあげた髪に挿した金細工の簪には紅玉、碧玉《へきぎょく》がふんだんにちりばめられていて、いかにも重そうだ。

しかしその幼さに似合わない豪奢《ごうしゃ》な出《い》で立《た》ちが、かえって彼女にちんちくりんな印象を与えている。

その少女に向けて、宇遠が鷹揚に声をかけた。

「出迎えご苦労だな、郭皇后」

「皇后!?」

思わず叫んでしまい、女たちの非難の視線を一斉に集めた成君は、慌てて口を押さえる。そしてまじまじと「皇后」と呼ばれた少女を見つめた。

(ん？　郭？)

その姓は、宇遠を傀儡《かいらい》としているという、あの白髯の老人と同じである。つまりこの皇后が、郭太師の娘ということか。

『押しつけられた』

まだ年端もいかない皇后を眺めながら、そういうことかと成君は納得した。妻についてそう口にした宇遠を思い出したからだ。

郭皇后は、顚狂な声をあげた成君に、その無作法を侮蔑するような視線をちらりと向けた。しかし侍女ごときに興味はないようで、すぐに成君の隣にいた喬賀を睨みつける。

「わたくしに断りもなく新たな妃嬪をお迎えになるなんて、どういうご了見ですの？」

どうやら小さいながらも、皇后としての矜持を傷つけられたらしい。喬賀が男だと知っている成君には滑稽に見えるが、少女は本気そのものだ。

仮にも皇帝である宇遠に刺々《とげとげ》しい態度を隠そうともしないのは、それだけ彼の権威がないがしろにされているからだろうか。それともそれだけ彼女の後見である郭太師の力が強いからだろうか。

だがたとえそうだとしても、これは教えたほうがいいだろう。

そう判断した成君は、宇遠に向かって興奮した様子で声を荒らげる少女の前にしゃがみ込み、視線を合わせて言った。

「なあ、おぬし。気づいておるか？」

「なんですの、おまえ!?　侍女風情がわたくしに直接声をかけるなど、なんて無礼な――」

郭皇后は、突然話しかけてきた成君に眦を吊《つ》りあげて吠《ほ》えたてる。それにかまわず、成君は口を開いた。

「おぬし、呪われておるぞ？」

その瞬間、周囲の者たちは一斉に凍りつき、喬賀ひとりは「やれやれ」とばかりに額を押さえたのだった。


「自害した宦官は張懐儀《ちょうかいぎ》という名で、鐘鼓司《しょうこし》の所属だった」

内侍監《ないじかん》から報告を受けた宇遠が、成君と喬賀にそう告げたのは、ふたりが宝慈殿に入った翌日のことだった。

「鐘鼓司？」

殿内の見まわりを終えて宝慈殿の正庁に戻ってきていた成君は、聞きなれない言葉に眉をひそめる。

「儀式で皇帝が臣下の前に姿を現すときなどに、鼓を打ったり楽曲を演奏したりする部署だ。節句や慶事のおりには、雑技や演劇を行うこともある」

宇遠の説明に、成君は「ああ」と納得する。そして手近にあった合子を引き寄せ、なかに入っていた棗の蜜づけを口に放り込んだ。ほどよい甘さが喉に染み、彼女はうなった。さすがは宮城である。たかが茶請けの菓子でさえ一切の妥協がない。

「それであれほど身が軽かったのだな」

太りやすい体質だという宦官は、身体能力に恵まれた一部の者をのぞいて、俊敏な者は少ないと聞いたことがある。しかし紫雲座に火を放った宦官は、足も速く、小刀を巧みに投げてくるなど、なかなかに手練れた様子だった。きっと普段から、立ち回りなどの訓練を積んでいたのだろう。

「勤勉で周囲の評判も悪くなかった張懐儀だが、近年賭博にはまって方々に借金を抱えていたらしい。だが最近になって突然借金が返済されたらしく、みな訝《いぶか》しんでいたようだ」

「では、その借金を肩代わりしてやった者がいて、それを盾に脅されていたのかもしれぬな」

つぶやいた成君は、意見を求めようと喬賀へ顔を向けた。彼は妃嬪らしく朝から美しく着飾らされ、すばらしく繊細な彫刻の施された黒檀《こくたん》の椅子に座っている。

「そんなことはどうでもいい」

すると喬賀は、不機嫌さを隠すことなく宇遠を睨みつけ、押し殺した声で質した。

「おまえは、いつまでここにいるつもりだ？」

「心配しなくても、俺はこの件に片がつくまで、しばらく福寧殿《ふくねいでん》には戻らないつもりだ」

「誰が心配していると言った！」

宇遠ににやりと口の端を上げられ、喬賀は座っていた椅子を後ろに倒す勢いで立ちあがる。

「宝慈殿はこちらで見ているから、おまえはさっさと自分の宮殿に戻れ！」

どうやら喬賀は、宇遠が夜のお渡りと称してこの宝慈殿にいるのが気に入らないらしい。しかも彼が、市井から迎えた新しい妃嬪にすっかり夢中という体で、朝になっても出ていかないのがさらに耐えがたいのだろう。

ただでさえ寝泊まりしている場を誰に火をつけられるかわからないという状況に気が張っているというのに、後宮というものはとかく人の目が多い。女性ではないと気づかれないよう一瞬たりとも気が抜けない生活に、喬賀は相当参っているようだ。

「仕方がないだろう。一応宝慈殿を守る兵は増やしたが、誰のことも信用できないんだから」

宇遠の言葉どおり、彼は殿内の侍女を絞り込む代わりに、周囲を警戒する兵を三倍に増やし、不審な動きをする者がいたらすぐに報告するように命じている。

とはいえ紫雲座に放火した宦官のこともある。むしろ蟻《あり》の子一匹入り込めないような宮城では、犯行に及ぶとしたら内部の者の手によると考えていいだろう。誰が黒幕とつながっていて突然火を放つのかわからない以上、この三人以外の誰も信頼するわけにはいかない。

しかし喬賀にしてみたら、宝慈殿の警備を増やしたことさえ新しい妃嬪をよほど気に入ったのかと噂され、鳥肌が収まらないらしい。

「喬賀、耐えろ。私だって、獵婚せねばならないところを我慢してここにいるんだぞ」

成君は喬賀を宥めた。

この宝慈殿を狙っているだろう犯人は、成君たちが紫雲座で張っていることに気づいて、裏をかくように夜半に火を放った狡猾な人物だ。今度もどのような手を使ってくるかわからない。成君自身、今朝から何度も殿宇のなかを見まわっているとはいえ、警戒する人員はあったほうがいいに決まっているのだ。

「ああ、そういえば――」

それでも怒りの収まらない喬賀の意識をそらそうと、成君は手を叩いた。

「郭太師は、なにか動きはあったのか？」

この宝慈殿に火を放ちに来る者を捕らえるよりも、六星鏡盗難の黒幕だと宇遠が見ている郭太師のほうで尻尾を出してくれれば、事態は大きく進展するかもしれない。

しかしそうした期待に、宇遠は首を振った。

「いや。だがその後さらに調べていたところ、七星剣を持ち出して自害した男は、かつて郭太師の屋敷に仕えていたことがわかった」

「なんだって？」

それでは宇遠が郭太師を疑うのも無理はない。彼が七星剣を盗み出した首謀者で、自分に捜査が及ばないように、実行犯を処分したとなれば充分に辻褄が合う。

だが――。

「そうだとすると、郭太師の狙いは何なんだ？」

成君は、宇遠が郭太師を疑っていることを知って以降、ずっと腑に落ちなかったことを口にする。

「なに？」

「郭太師は、すでに皇帝であるおぬしを凌《しの》ぐほど強大な権力を掌中に収めておるのだろう？　今さらわざわざおぬしの命を取って何になる？　もう一度ほかの者を皇位に就けるにしても、国が混乱するだけでなんの利もないだろう」

「みずから皇帝になりたいんじゃないか？」

疲れはてた顔の喬賀が、どうでもいいことのように口を挟む。

「だとしたら、宇遠が即位する前に皇位を簒奪《さんだつ》していたのではないか？　だが彼は、わざわざ宇遠を侶州から呼び寄せて皇帝にしたのだろう？」

「だとしたら、欲しいのは俺の命じゃないのかもな」

そっけなく宇遠もつぶやく。彼とて、そのことは重々承知しているのだろう。

「郭太師の目的、か……」

「父がどうかなさいまして？」

ふいにかけられた甲高い少女の声に、三人はぎくりとして振り返る。すると開いた扉から郭皇后——郭連翹《れんぎょう》が顔を覗かせていた。

そして彼女は、三人の戸惑いなどかまわず、軽やかな足取りで皇帝たる宇遠の前を通りすぎる。そして榻《とう》に座っていた成君の手を握りしめて言った。

「お迎えにあがりましたわ、お姉さま。一緒にお散歩に行きましょう？」

無邪気なその笑みに、成君は顔を引きつらせる。

昨日成君が、彼女の宮殿の屋根に仕込まれていた土人形の存在を教えてからというもの、連翹は成君にべったりとくっついて、離れようとしないのだ。しかも成君がただの侍女ではなく南天宮の道姑だったと名乗ったせいか、お付きの者たちが白眼《しろめ》を剝くなか、ためらいもなく「お姉さま」と呼んでくる。

なんでも連翹いわく、成君が土人形を撤去したとたん、それまで苦しんでいた頭痛が嘘《うそ》のようになくなったらしい。それだけでなく、昨夜は毎晩見ていた悪夢からも解放されたと言って、今朝もともに朝食を取ったばかりだった。

連翹に仕掛けられていたのは、六星鏡の炎で七星を描くような大掛かりな呪ではなく、人形を使った古来ある簡単なものだ。民間ではありふれたもので、力のある道士などが手を貸さなくても、感の強い者がやれば相手に多少の影響を及ぼすことができる程度のものだ。

いずれ皇后の地位に嫉妬したほかの宮女の仕業なのだろうが、巫蠱《ふこ》は大罪。宮城内ではすでに犯人の捜査が始まっていると聞いているし、あとは成君が関わることではない。

「えっとだな、私は今日重要な用があってだな――」

昨日の午後から天気が優れないからか、今のところ宝慈殿に火が放たれたり、怪しい人物が目撃されたりしたことはない。しかし紫雲座のときは、夜半に放火されたことを考えると油断はできず、できるだけ宝慈殿から離れたくない。

「え？　駄目なんですの？」

しかしさすがにこれ以上はつきあえないと成君が言葉を濁すと、連翹はきらきらとした目に涙を浮かべて見上げてくる。無下にすることもできず、成君は助けを求めるようにふたりの男たちへと視線を走らせた。

「あら皇上。ごきげんよう」

すると成君の視線を追った連翹は、その先にいた宇遠に、ようやく気づいたようだった。そして優雅に礼を取ると、宇遠に訊ねる。

「成君お姉さまをお誘いにきたのですが、かまいませんわよね」

成君は一応喬賀の侍女という名目で宮城に入ったのだが、連翹は喬賀のことを完全に無視して、宇遠に許可を求める。

「かまわない」

そう言うと宇遠は、成君に彼女と行くよう視線で合図する。どうやら父親の郭太師について探ってこいということらしい。

あきらめて立ちあがった成君に、連翹が甘い声をあげて腕を絡ませてくる。その様子に、宇遠が彼女に聞こえないようにぼそりとつぶやく。

「紫雲座のときといい、やっぱりおまえ女子《おなご》にモテるな」

「おぬし、それで褒めているつもりなのか？」

宇遠の軽口に成君は怒りをにじませる。女にモテても結婚はできないと。含み笑いをこぼす宇遠を憎らしく思いながら、成君は宝慈殿を後にしたのだった。

破軍星の闇

「こちらですわ、お姉さま！」

灰色の空の下、皇后である郭連翹《かくれんぎょう》の笑い声が響きわたった。

「ご覧になって。ここの山茶花《さざんか》は美しいでしょう？　わたくしのお気に入りの場所ですのよ」

連翹に腕を引かれ連れていかれたのは、後宮の裏手にある后苑と呼ばれるところで、池を中心に築山や小亭を設けた優美な庭園になっていた。いつでも目を楽しませることができるように四季折々の花が植えられているようで、いまは山茶花のほかには寒《かん》椿《つばき》が見頃を迎え、南天や千両の紅い実を鳥がついばんでいる。

「っと、危ないぞ！」

はしゃぎすぎたのか、池のほとりを歩いていた連翹が足を滑らせかける。その手をつかみ引き寄せると、彼女は素直に成君《せいくん》に身を預けた。そのまま頬を染めて見つめられ、成君は顔を引きつらせた。話題を変えねばと焦り、思わず直截《ちょくせつ》に訊いてしまう。

「そ、そういえば、おぬしの父御はお元気なのか？」

案の定連翹は、なぜ成君が父である郭太師の話をするのかと、きょとんとした表情を浮かべた。

「父ですか？　普段あまり話をしないので、どうでしょう。ああでも、なぜか最近、あまり元気がないようですわ」

「そうなのか？」

「ええ。先日なんて、珍しくわたくしのところへやって来て――」

「どうした？」

急に言葉を切った連翹に、成君は訊ねた。すると連翹は、少し迷った様子ながらも、

「ここだけの話ですわよ」と貌《かお》を近づけてくる。

「お姉さまは、一昨日宦官がひとり城外で死んだのをご存じかしら？」

「……いや、なにも知らないが」

突然連翹の口から張懐儀《ちょうかいぎ》の話が出て、成君はどきりとする。

とうに知っていることだが、成君ははじめて聞いたかのような演技をしてみせる。

すると連翹は、さらに声をひそめて言った。

「お父様は、午前中もわたくしのところに来て、あの宦官について知っていることはないかと訊いてきたのです」

「なぜだ？」

「わたくしは覚えていないのですが、実はその宦官は、以前わたくしの屋敷に仕えていたらしくて――」

「なんだって？」

成君は驚きの声をあげた。七星剣を盗み出した護衛兵だけでなく、六星鏡の炎で放火をした宦官も、郭太師に仕えていたとは。

これはたしかに、偶然の一致にしてはできすぎている。宇遠《うえん》の推測はやはり当たっているのだろうか。

そう考えこんでいるうちに成君は、連翹に手を引かれ、いつしか花々を眺められる四阿《あずまや》に腰を下ろしていた。それを見計らったように侍女が、すぐに茶葉を丸く束ねた玉の入った硝子《ガラス》杯を運んでくる。目の前で湯を注がれると、茶葉が解けてそのなかからゆっくりと茶の花が開いていく。

円卓に並べられたのは茶碗だけではなかった。豆沙《あん》や水あめを入れた生地に胡麻《ごま》をまぶして揚げた芝麻球《チーマーチュウ》や、緑豆の餡を花の形に押し固めた緑豆糕《リュウドウガオ》などの小吃が、尚膳《しょうぜん》監《かん》から次々に運ばれてくる。

「美味い……」

南天宮では食べることのできなかった甘味の数々に、成君は郭太師のことなどそっちのけでそれらにかぶりつく。とうもろこしの甘い羹《あつもの》が、風に冷えた身体を芯から温めてくれるようだ。

誘惑に抗しきれずに舌鼓を打ちつづけていると、連翹が拗《す》ねたような口調で言った。

「お姉さまでしたらよかったのですわ……」

「なにがだ？」

「皇上がご自分で迎えられた妃嬪がお姉さまでしたら、わたくしだって――」

「は？」

思いがけない言葉に、成君は湯匙《さじ》を口にやる手を止めた。

「だってわたくし、これまで皇上があのようにくだけたお顔をされるのを、はじめて見たんですもの。いつも無表情で、わたくしがなにを言っても怒りもしなければ笑っても下さらない方なのに……」

ぽつぽつと話す連翹に成君は、妻を『押しつけられた』ものだと話していたときの宇遠を思い出す。この年齢で妻もなにもないだろうが、宇遠にとって連翹が、皇位とともに娶《めと》ることを強要されたやっかいな存在なのは間違いないのだろう。

「いや、あの男は私にも無表情だぞ。知りあって間もないが、いつも嫌味なことばかり言われている」

おそらく連翹は、寂しいのだ。幼くて夫婦のことはわからなくても、自分が邪険にされていることは理解できるのだろう。なんだか可哀《かわい》そうに感じて、成君は慰めるように言った。

しかしそれは誇張ではなく、宇遠が誰のことも信用していないのは事実である。彼はどこか昏い眼差しをしていて、まるで世のすべてを憎んでいるのではないかと思うときさえあるほどだ。

「嫌味だなんて、お姉さまには気を許されていらっしゃるのですね。だからわたくし、お姉さまならいいですわ。皇上の妃嬪になられても」

たしかに獵婚をせねばならぬとは思っていたが、妻帯者はごめんである。成君が顔をゆがめていると、彼女はさらに言った。

「でも、あの林充媛《りんじゅうえん》は嫌です。あの者は信用できません」

林充媛とは、喬賀《きょうが》のことである。宮城に入るために宇遠が名目上充媛の地位を与えたために、そのように呼ばれている。

「喬――林充媛は、信頼できる人物だぞ」

多少粘着質だが、一度決めたことはやり遂げる意志の強さと行動力がある。男だと知られるわけにいかないため、喬賀の名をごまかしながら言うが、連翹は首を振る。

「いいえ、あれは絶対になにかを企《たくら》んでいる目ですわ。わたくしにはわかります」

断言されても、成君は困ってしまう。

「ですからお姉さま、わたくしのことはお気になさらず、いつでも皇上の妃嬪になってくださいね」

「あのな、郭皇后――」

「嫌ですわ。連翹とお呼びになって」

はなはだしい誤解を解こうと、成君が口を開きかけたときだった。

「ごきげんですのね、叔母様」

涼やかな声がかけられ、周囲の侍女たちが一斉に膝を折った。何事かと振り返ると、四阿へ続く階段を上ってくる一団が見える。

年端もいかない少女に向かって「叔母様」と呼び掛けたのは、二十代半ばと思われる細面の佳人だった。まだ若いにもかかわらず、藤紫の衫襦《さんじゅ》と深みのある紺藤の裙裳《くんも》、それに淡く鸞鳥《らんちょう》を織り込んだ淡藤色の長褙子を羽織っており、上質ではあるが、ずいぶんと地味な装いをしている。

「あら、皇太后様。ごきげんよう」

連翹は顔をぱっと輝かせ、立ちあがると優雅に膝を折った。

「皇太后……？」

成君はそう呼ばれた女性をまじまじと見つめた。通常皇太后といえば皇帝の母にあたるはず。しかし目の前の皇太后は宇遠と同じか、むしろ年少に思われたからだ。

「先帝陛下の皇后でいらっしゃった王《おう》皇太后様です」

成君が墩に座ったままいつまでも礼を取らないことに焦ったのだろう。側に控えていた侍女のひとりが、そっと耳打ちしてくる。

なるほど。たしか宇遠は、先帝の融《ゆう》帝が若くして亡くなったために宮城に迎えられたと言っていた。その際、融帝の名目上の養子となったのだろう。つまりこの皇太后は彼の義理の母ということだ。

（幼女の妻に、同じ年頃の義母――か）

宇遠もなかなかに複雑なようである。

「成君殿！」

しみじみと思っていると侍女が、いつまでも動かない成君を跪《ひざまず》かせようと、彼女の腕を引く。しかしその目論見《もくろみ》が達せられる前に、皇太后の目が成君を捉えた。

「この者が、宝慈殿に新たに入ったという妃嬪ですか？」

成君をじっと見つめながら王皇太后が質す。まるで黒曜石のように深くきらめく、吸い込まれてしまいそうな瞳だった。凪いだ湖面のようでありながら、その深さをはかり知ることのできないような。

「いいえ、違いますわ。お姉さ……この者はお付きの者で、林充媛ではございません。南天宮の道姑ですわ」

「そう。南天宮の……」

連翹が説明すると、王皇太后はつぶやいた。

「もうすぐ祭天の大祭です。それまでに、宮中のしきたりなどを教えて差しあげたらいいでしょう」

それだけ言うと、王皇太后は肩にまとわせた霞帔《かひ》を翻して去っていく。いったいなにをしに来たのだろうと思うほど、短い滞在だった。

「どうかなさいましたの？」

じっと皇太后の背中を見つめる成君に、連翹が訊ねてくる。

「いや……、おぬしのことを叔母様と呼んでいたと思ってな」

「皇太后様は、わたくしの長姉の娘なのですわ。だからわたくしのほうが年少ですが、叔母にあたりますの」

「ということは、つまり皇太后は、郭太師の孫ということか」

どうやら宮城は郭太師の一門で固められているようだ。宇遠が神経質になるのも、無理からぬことと思った。

「でも皇太后様は、普段あまり寝殿である慶寿殿《けいじゅでん》からお出ましにならないの。こんなふうに外でお会いするなんて、珍しいわ」

「そうなのか？」

「皇太后様は、本当にお可哀そうな方なの。わたくしくらいの歳のころに先帝陛下の後宮に上がられて、同じ年頃の先帝陛下とはとても仲がよろしかったと聞いていますわ。でもお生まれになった御子《みこ》は早産で、数日もしないうちに亡くなってしまわれたの。その後まもなくして、先帝陛下まで崩御されて……」

「……それは気の毒なことだ」

子と夫――大切なふたりを失ったということか。あの無気力にも見える昏い眼差しは、そのせいなのだろうか。

皇后は表情を曇らせたままうなずいた。

「それにお父様も――」

そこまで言いかけて、皇后ははっとしたように口をつぐんだ。

「お父上がどうしたんだ？」

皇后の父といえば、皇太后の祖父――郭太師のことだ。

「いえ、なんでもありませんわ。お姉さま、こちらの榲桲《マルメロ》の蜜づけはいかがですか？南方から送られてきた珍しい果物ですのよ」

さきほどから甘味をさんざん食べつくしたあとだったが、成君はうなずいた。

「もらおう」

男はいないが、後宮はたしかに美味いものにあふれている。しばらくはここにいてもいいかという気になるくらいには。

「わたくし、本当に皇太后様には幸せになっていただきたいの」

「……そうだな」

ふたたびそう口にした連翹に、成君はうなずくしかできなかった。

＊

いつの間にか、雨が降ってきたようだ。雨粒が殿宇の前庭に植えられた梅の木の葉を叩く音がして、成君はそのことに気づいた。

「王皇太后は、なぜおぬしの皇后にならなかったんだ？」

榻に寝そべり足を組んでいた成君は、高坏《たかつき》に盛られていた林檎《りんご》に齧《かじ》りつきながら、おもむろに訊ねた。昼間会った皇太后のことを思い出すと、なんだか胸の奥がそわそわとして、いつまでも頭から離れない。

「なんの話だ？」

傀儡皇帝であっても、最低限しなければならない執務はそれなりにあるらしい。机に向かって裁可を待つ詔書に署名を入れていた宇遠は、成君の唐突な話に少し面食らったようだった。

「さきほど、王皇太后と会ったのだ」

「皇太后？　珍しいな、慶寿殿から出てきたのか？」

連翹だけでなく宇遠も同じことを言うからには、皇太后は普段本当に自分の宮殿に閉じこもっているらしい。

「って、おまえ、なんていう格好をしているんだ？」

書面から顔を離した宇遠は、成君にちらりと視線を向け、あきれたように言う。

「仕方がないだろう。皇后の相手で疲れておるのだ」

結局連翹に半日つきあうことになった成君は、ぐったりと榻に身を投げていた。もともと身体は鍛えてあるし、体力に自信はあったのだが、子供の相手というのはまた違った力を使うのだろう。大人のように後先を考えるということがないので、興奮した心のまま動き回り、体力を使い果たすとぱたんと寝てしまう。

成君が不在の間はほとんど、散歩と称した宇遠が宝慈殿のなかを見まわっていたという。女の格好で出歩くのを嫌がった喬賀は、昼間は休み、日が落ちたさきほどから宦官のふりをして警戒に当たっている。

「なあ、皇太后は、郭太師の孫娘なのだろう？　年のころを考えれば、むしろ皇太后のほうがおぬしに似合いだったのではないか？」

すると色気の欠片もない成君の格好を横目で見ながら、宇遠が言った。

「お似合いもなにも、俺が皇位を継ぐ前に彼女は融帝の皇后になっていたんだから、俺の妃嬪になりようがないだろう。さすがの郭太師も、まさか俺に義母を娶らせるわけにはいくまい」

たしかに郭太師だけでなく、融帝がこれほどに若くして亡くなることを予見できた者などいるはずもない。

世の中とはうまくいかないものである。皇帝に自分の血を引く者をあてがいたくても、先帝の皇后としていては仕方がない。十歳を越えたばかりの末娘を宇遠の皇后として立てたのは、郭太師の苦肉の策なのだ。

そのため郭太師は、皇后より先にほかの妃嬪が皇帝の種を孕《はら》むことのないよう、目を光らせているという。宇遠が紫雲座から市井の娘を後宮に引き入れると宣言したときに喬賀を舐《ねぶ》るように見ていたのは、そういうわけらしい。

「それでもだ。年頃の男女が、しかもあれほどにはかなげな佳人が、同じ屋根の下で一緒に暮らしていては、恋が芽生えるのが定石ではないのか？　禁忌がゆえに惹《ひ》かれてしまう、恋とはそういうものだろう？」

「……おまえ、恋愛小説の読みすぎだ」

熱っぽく語る成君に、宇遠が白けた半眼を向けてくる。

「な、おぬし、なぜ私が恋愛小説を読んでいると――」

「宮城のような広大な敷地内で、同じ屋根もなにもないだろう」

周囲の道姑たちに隠れて読《よ》み漁《あさ》っていたことを言い当てられて挙動不審になっていると、宇遠があきれた口調で言う。

「前から思っていたが、おまえ見かけによらず、発想が異常に乙女だよな。女所帯の道観で育ったせいなのか？」

「悪いのか⁉」

いつも喬賀から言われていることを宇遠にも指摘され、声を荒らげた成君に宇遠は肩をすくめる。

「だいたいそんなことを言ったら、俺と皇太后より、おまえと喬賀のほうがよっぽど怪しいだろう」

「喬賀？　それはない」

成君にとって喬賀は、弟のような存在というだけでなく、南天宮の観主への拝親──つまり師弟の契りを介して師叔にもあたる。喬賀と恋仲となるのはいわば近親相《そう》姦《かん》のようなもので、成君にとって想像もできない。

「なら同じことだ。皇太后は、先帝の皇后にあたり、形としては俺の義母にあたる。そういう対象にはならないね」

きっぱりと言いきった宇遠に、それでも成君は腑に落ちなかった。宇遠がそう思っていたとしても、皇太后のほうはどうなのだろうと。

なぜだろう。ふたりには似たような雰囲気があるからだろうか。宇遠と皇太后。瞳の奥に揺らめく光が、とても近いと思ってしまう。

それに考えてしまうのだ。

もしそうでないのならばなぜ、と――。

凪いだ湖面を思わせる皇太后の顔を思い浮かべながら、成君は告げる。

「連翹――郭皇后が、彼女には幸せになってもらいたいと言っていたんだ」

「そうだろうな。自分の父親が彼女にしたことに罪悪感があるんだろ」

一見脈絡がないような成君の話に、しかし宇遠はうなずいた。

「罪悪感？」

連翹にとって自分の父親とは、郭太師のことであり、王皇太后の祖父にあたる。意味がわからずに眉を寄せると、宇遠はちらりと成君に視線を向けて言った。

「皇太后の父親の王玄燿《げんよう》は、郭太師に処刑され、そのうえで族滅を受けたからな」

「なんだって？」

思いがけない言葉に、それまでごろごろと榻に寝そべっていた成君は、がばりと身を起こす。そして紫雲座で見かけた郭太師の顔を思い浮かべる。

そういえば、皇太后について聞くのは祖父にあたる郭太師の話ばかりで、彼女の父親の話はいっさい出てこなかった。娘を皇帝に嫁がせるくらいであれば、皇太后の父親もそれなりの高官のはずなのに。

「もともと王玄燿と郭太師は、睿帝《えい》──つまり先々帝から、先帝の統治の後見をするよう遺命を受けた者同士だったんだ。そこでふたりは、王玄燿の娘であり、郭太師の孫である王蘇芳《すおう》を皇后に立て、まだ幼い先帝を補佐することになった。だが次第に対立するようになり、郭太師は王玄燿に謀反の罪をでっちあげて処罰したというわけだ」

「……惨《むご》い話だな」

「そのうえで郭太師は、そのほかの親族をみな連座で処刑した。王玄燿に嫁いだ娘はすでに亡くなっていたから、助かったのは孫である皇太后ひとりだけだ。そのため彼女は今でも、ひとりで密かに父たちを祀っているらしい」

罪人として扱われているので、表立って供養することは許されない。しかしあまりに気の毒なことだと、宮城の者たちはみな、皇太后の行いを見て見ぬふりをしているという。

皇太后の昏い眼差しの奥に、そのような事情があったとは。つまり連翹は、そのことに同情しているのだろう。

「そのうえ、心を通わせた夫と幼い子を亡くしたのか。たしかに気の毒だな……」

とくに喪《うしな》った子は、家族をすべて失った皇太后にとって、たったひとり血を分けた存在だったろうに。

「宮中では、そんなのはよくあることだ」

冷めた口調で宇遠が言う。

「ただその子が生きていてくれたら、俺はこうしてここにいる必要がなかった。今でも侶州で気ままに暮らしていただろうな」

「おぬしは、皇帝になどなりたくなかったのだな……」

しかしその気持ちもわからなくもない。正常な神経をしていたら、誰だってそんな血なまぐさいところに身を置きたくないだろう。

「もう、冬至まで間もないな」

それまでに六星鏡を取り戻すことができなければ、観主も同様に斬首となってしまう。しかしそうなったとしても、ここでは「よくあること」だと片付けられるに違いない。

観主を救うなにかほかの方法はないのだろうか。

成君は、窓を開けると、しとしとと雨が降る庭へと視線を向けたのだった。

＊

雨は止《や》んだものの空気が湿り気を帯びているからか、それから数日経っても、犯人が放火を仕掛けてくる様子はなかった。

七星のなかの廉貞星にあたる茶楼が燃えたあと、武曲星にあたる紫雲座に火を放たれるまで半日しか経っていなかったのに、いったい犯人はどこでなにをしているのだろう。

このままでは冬至になってしまうと焦りを募らせた成君は、隣の瑶月殿《ようげつでん》から宝慈殿を見下ろしていた。一階部分の屋根に上ると、宝慈殿の西側半分を一望できるのだ。

宝慈殿の周囲には依然として多くの兵が徘徊《はいかい》しており、蟻一匹入り込む余地はないように見える。

(やはり、兵の数が多いせいで犯人に警戒されているのか？)

冬至までに放火しに来る者を捕らえるためには、むしろ兵を減らして誘いこんだほうが有益なのではないかと思う。しかし七星最後の地点であるこの場を燃やされれば、宇遠の命がないかもしれない以上、容易には結論を出すことができない。

(このまま、冬至までに六星鏡を取り戻すことができなかったら……)

観主は本当に斬首になってしまう。

じりじりと込みあげてくる不安を紛らわせようと、成君は腰に挿していた龍笛に唇を寄せた。ゆっくりと息を吹きつけると、懐かしい旋律が響く。それは、幼いころに観主に教わってよく吹いていた曲だった。

「すばらしい音色ですわね」

ふいに声をかけられ、笛の音を止める。甍の下を覗き込むと、殿宇の軒下で彼女を見上げていたのは、侍女を大勢引き連れた皇太后だった。

先日会ったときと同様に、地味な色合いの服に身を包んでいるのは、夫と子供の喪に服しているからだろうか。

「ええと、王皇太后」

急いで屋根から飛び降りた成君は、女官たちが普段しているように、見よう見まねで礼を取ってみる。

「あなたは、南天宮の道姑だったと叔母様は言っていましたわね」

そう口にする皇太后の瞳の奥には、やはり鈍い光がちらついていて、成君は不穏なものを感じる。

「いかにも」

連翹がどう遇そうと、実際には一介の侍女にすぎない成君に、皇太后ともあろう者がなぜ話しかけてきたのだろう。不思議に思ったまま成君がうなずくと、王皇太后は薄い笑みを浮かべて言った。

「妾《わらわ》も、南天宮へは以前一度行ったことがございますわ」

「そうなのか？」

どうやら皇太后は、懐かしさを覚えて成君に声をかけたらしい。

「ええ、誰にも気づかれないよう微行《おしのび》で。女性にとって南天宮は聖地のようなものですもの。行ってみたいと思うのは当然でしょう？」

生を象徴する南斗星君をあがめる者は多い。とくに女性の信仰が厚く、参詣する者は後をたたない。

「でも、先帝が亡くなられたばかりのころでしたから、妾の姿が見えなくて、お祖父《じい》様はたいそう慌てていらしたそうですわ。妾に即位を承認させることで、宇遠殿の皇位継承を整えようとされていたから」

そのときのことを思い出したのか、皇太后がくすくすと笑みをもらした。皇太后の楽しそうな顔を見るのははじめてだった。しかしなぜかその様子に成君は、ぞわぞわとしたものを背筋に感じてしまう。

「南天宮を詣でたのは、先帝を祀るためにか？」

「いいえ？」

皇太后は成君の問いに静かに首を振った。

「妾を残してあっけなく死んでしまった大家のことなんて、妾は知りませんわ。吾子《あこ》のためです」

大家とは、宮城における皇帝の呼び名である。宮城に住まう者をひとつの家族と見立てて、そう呼称するらしい。知らないといいながらも皇太后は、宇遠のことを皇上と呼ぶ連翹よりも、よほど先帝と仲がよかったのだろう。

「……郭皇后から、おぬしが子を亡くしたことは聞いている」

「ええそう。吾子は生まれてすぐに亡くなってしまいましたの。そうこうしているうちに大家までいなくなって……。妾には、ふたたび子を抱くことさえできなくなったのかと、それは哀《かな》しくて――」

それで救いを求めて南天宮に詣でたのだと、皇太后は言った。

「正直申しますと、南天宮にも期待はしていなかったんですのよ。どうせ月並みなことを言われて終わるだけだろうと。妾のことを救ってくれる者など誰もいないと思っていましたわ」

「では、おぬしは救われたのか？」

「まだ救われたわけではありませんが、立ち直ることはできましたわ。きっとあの者に会うために、妾は南天宮へと参ったのでしょう」

王皇太后は、そう言って遠くを見つめる。

「それはよかった……」

彼女に立ち直る契機を与えたのは誰だろうか。成君は見知っている道姑たちの顔を思い浮かべた。そしてつかみどころのない皇太后の眼差しを眺めながら、おもむろに訊ねる。

「なぜ、皇后を呪ったのだ?」

成君がそのことに気づいたのは、先日連翹とともに四阿で王皇太后に会ったときだ。叔母と親しげに言葉を交わす彼女からは、連翹の宮殿から出てきた土人形と同じ気配がしたのだ。

「お気づきでしたのね」

巫蠱は大罪である。にもかかわらず、王皇太后は否定することも、弁明することもなくあっさりと認めた、うっすらとした笑みさえも浮かべて。

「なぜだ?」

仲睦《むつ》まじい姪《めい》と叔母。皇太后が連翹を呪う理由が、成君にはどうしてもわからない。あるとすれば、皇太后が宇遠に懸想しているのではと思ったのだが、宇遠の話ではふたりの関係は希薄で、めったに顔さえ合わせない様子だ。

「さあ？ 幸運な叔母様に、少し意地悪をしてみたかったのかもしれませんわね」

するとと王皇太后は、自分にもわからないと首を傾げた。

「意地悪？」

「叔母様が嫌いなのではありませんわ。ですが、幸せで、これからいくらでも希望を持つことのできる叔母様が、少し憎たらしくなってしまいましたの」

「幸せ？」

成君の知っている連翹は、いつも寂しそうだというのに？ 父には権力を維持するための道具として扱われ、夫には疎遠にされている。幼い彼女は、そのことにずっと傷ついている。

「ええ。本当に憎らしいですわ。健康な新帝の皇后に迎えられ、まだ若く、すべてがまだこれからという叔母様が――。そして妾のことを『可哀そう』と憐《あわ》れむ叔母様が――」

「おぬしとてまだ若い。これからではないか」

皇太后が何歳かは知らないが、おそらく成君とそう変わらないだろう。

成君の言葉に、皇太后は薄く笑みを浮かべたもののなにも口にしなかった。背筋がざわざわと総毛立つ感じがするが、それがなぜなのかはわからない。得体の知れない焦燥感に押されて、成君は口を開いた。

「皇后はおぬしを慕っている──」

「もうしないと約束しますわ」

成君がもう一度皇后のことに言及しようとすると、それを遮るように皇太后は言った。

「ですから、叔母様にはおっしゃらないでくださいますか？」

「……わかった」

「妾には望みがありますの。それさえ叶えば、もうあとはなにもいりませんわ」

「そうか。ならばおぬしの願いが叶うよう祈っている」

望みがあると聞いて、成君はほっとしながらうなずいた。どんなに辛いことがあっても、将来に夢や希望を抱くことができれば、きっと大丈夫だろうと。

「よかったら宝慈殿へ来ぬか？　美味い菓子もあるぞ」

なぜかこのまま彼女をひとりにしたくなくて、成君は皇太后を誘った。

「うれしいお誘いですけれど、宝慈殿は妾が子を失ったところ。足を踏み入れたいとは思いませぬ」

「そうか、ならば無理には誘わぬ」

成君は、宝慈殿が、皇太后が先帝の皇后だったときに使っていた宮殿だということを思い出す。うなずくと、皇太后は薄く微笑《ほほえ》み、先日と同じように霞帔をなびかせながら去っていった。その後ろ姿から、成君はなぜか視線をそらすことができない。

彼女の望みとは、いったいなんだろう。

そう思いながら成君はもう一度だけ叫んだ。

「おぬしの願いが叶うことを願っているぞ！」

しかし階《きざはし》を下りていく皇太后が成君を振り返ることは二度となかった。

六星鏡の呪

「いったい、いつになったら仕掛けてくるのだ！」

冬至まで、あと二日に迫った昼すぎ、見まわりから宝慈殿の正庁へと戻ってきた成《せい》君《くん》は、苛立ちのあまり声を荒らげた。このままでは六星鏡の盗難が明るみに出て、観主が斬首となってしまうと。

宇遠《うえん》は、たとえ冬至までに六星鏡が取り戻せなくても、観主の身を都へ護送させることで時間を稼ぐと請けあってくれた。しかしひと度《たび》処刑が決まってしまえば、日程が後ろに延びるだけで、なんの解決にもならない。

「宇遠？　喬賀《きょうが》？　いないのか？」

焦りが募るばかりの成君だったが、室内からなんの返事もないことに気づいて思い出す。

「そういえば、宇遠は今日から大慶殿《だいけいでん》だったな……」

祭天の日が迫り、彼は皇帝としていろいろとやらなければならないことがあるらしい。そのひとつが、皇城の正殿にあたる大慶殿で儀式を執り行い、その後潔斎のために一晩過ごすことだという。そのために彼はすでに宝慈殿を発《た》ったのだろう。

しかし喬賀がいないのはどうしたことか。そろそろ昼餉《ひるげ》が運ばれてくるころだというのに。そう思いながら視線をさまよわせると、榻の背もたれの上でかすかにゆれる黒い頭髪を見つける。

「喬賀？」

声が返ってこないことを訝しみ、反対側にまわって顔を覗き込むと、どうやら喬賀は榻に横たわり転寝《うたたね》をしているようである。

無理もない。疲れているのだろう。男の身で妃嬪に扮《ふん》するために慣れない女装をするだけでも大変だろうに、成君と入れ違うように夜の見まわりなども行っているのだから。

寝顔を見ていると、子供のころのことを思い出す。

小さいときから可愛らしい顔立ちをしていた喬賀は、当時から目立つ存在だった。そのせいでよく宮観の近辺に住む子供たちにいじめられ、いつもそこに割って入るのが成君だった。

しかしいつの間にか背丈は成君を追い越し、知識も方術も成君が敵《かな》うものはなくなった。なにもかもがあのころとは違うのに、それでも喬賀は成君を追いかけてくるのをやめようとしない。

（困ったものだ……）

鼻をつまんでやると、苦しいのか喬賀が顔をしかめる。それに気をよくして続けていると、ぱちりと喬賀の目が開いた。そして彼は、はっとした様子で身を引くと、彼女の腕をつかんだ。

「どうした？」

起き抜けにしては過剰な反応に驚いていると、喬賀はふっと詰めていた息を吐き出す。

「なんだ成君か……。いや」

悪い夢でも見ていたのだろうか。喬賀は曖昧に言って、榻から立ちあがった。

「おまえ、いつの間に戻ったんだ？」

「先ほどだ。相変わらずなんの異変もない」

成君は声に苛立ちをにじませた。

「このままでは観主様は斬首になってしまう。どうしたらいいのか……」

無力な自分に苛立ち、手のひらを握りしめる。すると、喬賀がぽつりと言った。

「安心しろ、観主様は大丈夫だ。六星鏡はおまえの手に戻る」

「なぜそんなことが言える？　冬至はもう明後日なのだぞ」

気休めを口にする喬賀に、成君は眉をひそめる。それまでに六星鏡を取り戻さなければ、観主は間違いなく罪に問われるだろう。皇帝であっても、宇遠には観主の斬首を阻むだけの力がないのだから。

喬賀はなにも答えずに、手近にあった合子から旋炒《いり》銀杏をつかんで口に放り込む。それは鄭洛の外城にある小店が出すもので、都に来てからというもの、彼がよく食べているものだった。

「なんだ？」

「いや。その銀杏がよほど気に入ったのだと思ってな」

宮城に入るにあたって宇遠に入り用な物を訊かれた際、ほかにはなんの要求もしなかった喬賀が唯一求め、わざわざ城下まで買いに行かせたほどである。

「ああ、炒《い》り方が絶妙なんだ。宮城を出たあと、通いつめてもいいくらいだな」

「通うのはわかるが、なぜ通いつめる必要がある？　おぬしのそういうところが粘着質だというのだ」

喬賀のあいかわらずの言いように、成君は呆れてしまう。一度思い定めると、どこまでもそれを追いつづけるのは彼の性《さが》だ。

「そういえば、少し前に皇后が来ていたぞ」

悪かったなとうそぶきながら、喬賀が面倒くさそうに告げる。成君は「そうか」とうなずいた。

「おまえ、あの孩子《がき》にずいぶん気に入られたんだな」

普段は宇遠がいるだけでなく、互いの昼夜が逆転しているので、こうしてふたりで話すのは久しぶりかもしれない。そう思いながら、成君は苦笑した。

「あれはたぶん寂しいのだろう。いかに父が権力者とはいえ、幼くして後宮に入れられ、まわりには大人しかいない状況で、誰にも心を打ち明けられないのだ」

居丈高に振舞っていても、皇后の眼差しはいつも寂しそうで、だから成君は無下にできない。

「相変わらずおまえは、慕ってくる者の手を振り払うことができないんだな。昔からそうだった。寄ってきた孤児を邪険にすることさえできなくて――」

どうやら喬賀は、幼いときのことを思い出しているようだった。見知っている者がいないせいか常に成君につきまとい、また成君も彼を放っておくことができなかった、あのころのことを。

（つきまとうのは、今でも同じか……）

苦笑する成君に、喬賀はうつむいたままつぶやく。

「あの男のことだって、放っておけばよかったんだ」

「あの男？　宇遠のことか？」

「そうだ。奴が死のうがどうなろうが、おまえには関係ないだろう」

「だが、こうして宮城に入らなければ、六星鏡を盗んだ犯人を捕らえることはできないだろう？」

「それはそうだが、奴に協力するせいで、いろいろと行動に制限がかかる。観主様を助けるだけならば、放火されたあとで捕らえたっていいんだ。おまえが焦る必要なんてない。だが六星鏡の呪の完成とともにあの男が死ぬと考えれば、先に犯人を見つけて放火を阻止しなければならない」

「そんなに大きな違いではないだろう」

成君の言葉に、喬賀は首を振る。当初おのれが皇帝であることを告げなかったように、宇遠は自分たちを利用しようとしているだけだと。

「お人よしで、がさつなくせに夢見がちの少女趣味。そのせいで人に騙されやすくて、おまえは本当にどうしようもない」

「おぬし、喧嘩を売っているのか？」

欠点をこれでもかと挙げられ、成君は顔を引きつらせる。

「……そんなんだから、放っておくことができないんだ」

だが吐息のようにこぼされた言葉に、成君は目を瞠《みは》る。

そうなのだろうか。ずっと喬賀の面倒を見ているつもりだったが、実際は成君のほうが彼に支えられてきたのだろうか。

考えてみれば、たしかに宇遠に協力すると決めたのは成君だ。信じられる者などいないと言う宇遠を、放っておけなかったからだ。そして喬賀は、そんな彼女になにも言わずに協力しつづけてくれている。

「……なあ、喬賀。この件が片付いたら、おぬしはどうするつもりだ？」

「どうする、とは？」

それは、ともに六星鏡を捜すようになってから避けていた話題だった。

もしこのまま六星鏡が取り戻せず、観主の斬首が避けられないのならば、成君は都への護送途中に一行を襲って観主を逃すつもりだった。

しかしそのことを喬賀に告げる気はない。話せば、かならず彼もともに行くと言うだろう。だが成君は、喬賀を巻き込みたくないのだ。喬賀には喬賀の人生があるはずで、いつまでも成君についてくる必要などない。

「前にも話したが、私は南天宮に戻るつもりはない。六星鏡を取り戻し観主様の軟禁が解かれれば、旅を続けるつもり――」

「夫となる男を探すためにか？」

喬賀は成君の話を遮った。そしてうなずいた成君に向かって、彼は苛立ったように「ハッ」と喉を鳴らす。

「そんなことが許されると思っているのか？　おまえの目には六星鏡の欠片が入っている。観主様も誰も、おまえが南天宮から出ることを認めはしない」

「私はなにも、失踪しようとしているわけではない。居場所は常に知らせるつもりだし、なにかあればすぐに南天宮に駆けつけるだろう」

「俺はおまえを心配しているんだ」

成君は、幾度となく告げられてきた喬賀の科白にため息をついた。成君のため、と口では言いながら、彼はちっとも彼女の意思を尊重しない。

「……おぬしのそういうところが、私は少し重いのだ」

たまらなくなって、成君は言った。

「なんだと?」

「私に協力してくれるのはありがたいと思っている。だが私はおぬしの人生を背負えるほど大きな人間ではない」

「成君……」

「ずっと思うていた。おぬしは私に依存しすぎる。道士になったのも、こうして六星鏡を捜しに都に来たこともだ。私とおぬしは別々の人間で、なにも同じ道を進む必要はない。おぬしは、おぬしの人生を歩けばいいんだ」

成君が、ずっと喬賀に言いたかったことだった。それをようやく口にすることができた。

「よくもそんなことが言えるな……!」

しかし喬賀の怒気を孕んだ口調に、成君ははっと顔を上げる。彼はこれまで見たこともない激しい感情を漲《みなぎ》らせて彼女を睨みつけていた。

「俺がいったい、どんな思いで――」

「喬賀?」

その声に含まれたやるせない響きに、成君は戸惑う。

「もういい。わかった」

しかし喬賀は、内心を吐露することなくいつものように感情を抑え込んでしまう。

そして会話を打ちきり、宮殿の奥へと入っていくのだった。

＊

いつからだろう、喬賀がなにを考えているのかわからなくなったのは。

ここ数年、喬賀がなにかに悩むようになっていたことには成君も気づいていた。成君にとって喬賀は、幼いころからともに育った弟のような存在だ。辛いことがあるのならば、話を聞いてやりたいと思っていた。しかし幾度訊ねても、喬賀は「べつに」とはぐらかすだけで、胸の内を語ろうとはしない。

そのくせ成君の行動には、細かく口を出す。幼いころは彼女の後ろをついてくるだけだったくせに、近年ではなにをするにも危険だと言って彼女を止めようとする。

（だがそういえば、今回はなにも言わなかったな）

南天宮を出奔しようとしたときは阻もうとしてきたが、六星鏡を捜すことにしたときも、宇遠について宮城に来ることにしたときも、なにも言わず協力してくれている。

「おまえ、いつまでそうしているつもりだ？」

やるせなく思いながらもそのことに気づいたとき、あきれたように声がかけられた。松の実を口へと放りこむ手を止めて顔を上げると、いつのまにか宇遠が成君を見下ろしている。

「潔斎に関わる者以外、ここへの立ち入りは禁止されているんだが、門前で止められなかったのか？」

「固いことを言うな。宝慈殿に居づらいのだ」

宇遠が言うとおり、成君が逃げこんだのは祭天の前に皇帝が身を清めることになっている大慶殿の一室である。口論してからというもの、喬賀はずっとぴりぴりとした空気をまとっていて、ふたりでいるのが耐えられないのだ。

「喬賀となにかあったのか？」

宇遠の問いに、成君は答えなかった。

結局、喬賀とはまだなにも話せていない。六星鏡の呪の件がある以上、戻らないわけにはいかないというのに、それでも足が動かずにぐずぐずと大慶殿で渋ってしまう。今顔を合わせても、また同じ話の繰り返しだろう。ふたりの考えが重なることはない気がする。

（それがわかっていたから、黙って南天宮を出たというのに――）

「まあかまわないが、祭天の前で、俺もいろいろと忙しい」

肩をすくめる宇遠が身につけているのは、絳紗袍《こうしゃ》という真紅の袍衫だった。これに真珠を頂に取りつけた通天冠をかぶるのは、重大な典礼のときのみにまとう、君主にとっての最上級の礼服だという。

すでに冬至までは、二日と迫っている。この日天子は、大慶殿に籠って身を慎まなければならないとされている。そのため本来であれば、精進料理のみ口にし、女人と言葉を交わすことさえ御法度とされているらしい。

「おぬし、なぜそんなに落ちついていられる？　もし六星鏡の呪が完成されてしまったら、おぬしは死ぬかもしれないんだぞ」

成君は、観主が斬首されるやもしれぬと考えるだけで気が急いてくる。なのに宇遠は、自分の命が危機にさらされているというのに、なぜこうも冷静でいられるのか。

「そうだな」

宇遠の気のない返事に、成君は眉をひそめる。

「おぬし、まさか死んでもかまわないとでも思っているのか？」

思いがけない問いだったのか、宇遠は虚を衝かれたように目を見開いた。しかし答えることなく、彼は視線をそらす。翳《かげ》りのあるその眼差しが、やはり皇太后と似ていると成君は思った。

「六星鏡の呪の目的が、俺の命とはかぎるまい。たしかにいま俺が死んでも、郭《かく》太師にはなんの利もないからな」

首謀者が郭太師とは決まっていないというのに、宇遠は言う。

「前から思っていた。おぬしはなぜ、そうも郭太師が犯人であってほしいのだ？」

皇帝として即位させられたにもかかわらず、実権はなにもなく、宮城のなかも郭太師の身内で固められている生活は窮屈に違いない。そんな彼が、皇帝への呪術の証拠を見つけて、郭太師を失脚させたいと望むのも、当然なのかもしれない。

しかしそれだけでなく、郭太師のことを話すときの宇遠の瞳には、いつも不穏な光が揺らめいている気がして、成君は気になった。

「……知りたいのか？」

「ああ」

「十九年前、先々帝を唆して俺の祖父隆瑛《りゅうえい》を殺させたのが、郭太師だからだ」

「なんだって？」

思いがけない事実に、成君は眉をひそめた。

「郭太師は、日頃から対立していた祖父のことが邪魔だったんだろう。祖父が皇帝呪詛を目論《もくろ》んだと先々帝に吹き込んだのは奴だ。そのせいで追い詰められた祖父は、みずからを守るために兵を挙げざるをえなくなったというわけだ」

　太子の乱に、そういった経緯があったとは成君は初耳だった。

「乱が鎮圧されたあとには、祖父だけでなく、族滅の名のもとに俺以外の一族すべてが殺された。結局その後、祖父が呪詛を行っていなかったことが判明したが、死んだ者が生き返るはずもない」

　つまり宇遠は、祖父や父をはじめとする家族すべてを郭太師のせいで失ったことになる。ある意味彼は、皇太后と同様に、郭太師に族滅させられたようなものだ。

「だがその後、先々帝が取り憑かれたように、ほかの皇子たちも次々に殺していったのは、郭太師の誤算だっただろうな」

　難を逃れたのはすでに病没していた末子の息子だけ。先々帝の崩御とともに皇位を継いだその先帝も、若くして亡くなったために後継に恵まれず、范《はん》王朝は断絶の危機に陥った。

「皇族がほとんど残っていないのは、そもそも郭太師の誣告《ぶこく》のせいだ。あの男は、俺の祖父や父だけでなく多くの皇族を殺したくせに、都合が悪くなったら今度は俺に皇位を押しつけてきた」

つまり宇遠は、郭太師に復讐《ふくしゅう》したいのだろうか。淡々と話す彼の瞳の奥には、やはり熾火《おきび》のような光が揺らめいている。すべてを燃やしつくそうとでもいうようなその眼差しに、成君が息を呑んだときだった。

「皇上! 火事でございます! 宝慈殿に火が上がっております!」

「なんだって?」

成君はその報告に愕然とし、はっとして宇遠を振り返った。宝慈殿に火が放たれたということは、六星鏡の呪は完成してしまったのだろうかと。

しかし成君と同様に目を見開いている宇遠に、今のところ目立った変化は見受けられなかった。

「宇遠、おぬしは大丈夫なんだな?」

「なんの問題もない」

「ではやはり、六星鏡の呪の目的は、皇帝の命ではなかったのか……」

だが今は、そんなことを考えている場合ではなかった。成君は、喬賀と口論になったとはいえ、宝慈殿から離れていたことを悔いた。そして彼女の隙をつくかのように火を放った犯人に怒りを募らせる。

「喬賀……、喬賀はどうしたのだ?」

喬賀がいる以上、むざむざと放火犯の好きにさせるはずがない。

「待て、成君！」

もしや彼になにかあったのではないかと焦燥感に襲われた成君は、引き留める宇遠の声を振りきり、宝慈殿へと走りだしたのだった。


「喬賀！　喬賀、どこだ!?」

燃えあがる宝慈殿を前に、成君は叫んだ。しかしどこからも返答はなく、殿内から逃げてきた者たちも混乱した様子で騒ぎたて、まったく要領を得ない。悪い予感が脳裏をよぎり、成君は戦慄する。

「成君様！」

そのとき侍女のひとりが、成君の姿を見つけて駆け寄ってくる。頰を煤で汚し、咳《せ》きこみながら成君にすがりついた。

「ご無事でいらっしゃったのですね」

「……林《りん》充媛はどうした？」

はやる心を抑えて、成君は喬賀のことを訊ねた。すると侍女はさっと顔色を変え、言いよどむ。最悪の事態を想像し、成君は彼女の両肩をつかんだ。

「いいから言ってくれ。林充媛は無事なんだろうな？」

「それが……下働きの者が申すには、火を放ったのは林充媛様ご本人だと――」

だが侍女が口にしたのは、成君が予想していたのとは正反対のことだった。直接目にしたという宮女が連れてこられ、そのときのことを告げる。

「林充媛様は、きらきらと光る、なにやら鏡のようなものを手にされていました。なにをされているのかと見ていると、突然いらっしゃったところから火が上がりまして……。驚いて声をもらしてしまったところ、わたくしに気づいたあの方は、そのまま裏のほうへと駆けていかれました」

まさか――。

「成君様！」

制止する声が聞こえたが、成君はかまわずに殿宇の裏手に向かって走りだした。裏門を抜けると、そこは宮城の后苑に繋《つな》がっている。

先日連翹《れんぎょう》とともに歩いた池のほとりや築山の脇をすり抜け、成君は彼の姿を捜した。

「どこだ、喬賀！」

鈴懸《すずかけ》の枯葉が降りつもる木立のなかを走りながら、声のかぎりにその名を叫ぶ。

喬賀が宝慈殿に火を放ったなど、なにかの間違いだ。一刻もはやく本人の口で否定してほしかった。成君は祈るような気持ちで名を呼びつづける。そして寒椿の向こうにようやくその人影を見つけた彼女は、詰めていた息をほっと吐きだした。

「喬賀！」

しかし駆け寄ろうとして、すぐに成君は足を止めた。喬賀の手に、なにか円いものが握られていることに気づいたからだ。

「まさか、それは六星鏡か……？」

成君の姿が見えているだろうに、振り返った喬賀はなにも答えなかった。しかも六星鏡を持つのと反対の手には、一振りの剣が握られている。成君がはじめて目にするそれは、普通の剣ではなかった。刃の両側に三本ずつ剣先が枝分かれしている七支剣である。武器としての機能はなく、ひと目で祭祀のためにつくられたものとわかる。

「七星剣……」

六星鏡だけでなく、七星剣も――。それらを手にする喬賀に、成君も受け入れざるを得なかった。

「……おぬしが、宝慈殿に火を放ったのだな？」

聞かされてはいても信じていなかった事実を眼前に突きつけられ、成君は苦い思いで言う。

「そうだ」

いつもとなにも変わらない喬賀の表情に、成君は固唾を呑んだ。

「城市の火事も、すべておぬしの仕業だったのか？」

「そうだ」

「なぜだ!?」

ひとつひとつの問いに淡々とうなずく喬賀に、成君は声を荒らげて問うた。

考えてみれば、六星鏡を捜すために都に行こうと、はじめに提案したのは喬賀だった。盗んだ者の正体がわからない以上、まずは情報を集めやすい都に行ったほうがよいと。そして都に到着して間もなく成君は、はじめの放火事件に遭遇したのだ。

偶然と信じ、手がかりをつかんだと単純に喜んでいた自分が愚かしい。喬賀はずっと、成君とともに六星鏡を捜すふりをしながら、秘かにそれを持ちつづけていたというのに。

しかも喬賀は、六星鏡で熾した炎で行われる呪があることを成君に告げ、さりげなく彼女を放火現場に誘導しつづけた。かならず六星鏡を持った者がいるはずで、そこを捕らえて奪い返すしかないと言って――。

「おぬしはなぜいつも、私を放火現場に行かせたのだ？」

「欠損した六星鏡では十全の力は発揮できない。おまえが行くことで、六星鏡の炎は完全になる」

たしかに六星鏡の炎を見ると、いつも右目が震えて共鳴するかのような感覚があった。あれはたんに六星鏡の力を感じ取っていただけでなく、成君の目にある欠片の力が引き出されていたということか。

「なるほど。結局私は、おぬしにずっといいように操られていたのだな」

成君の口から乾いた笑いがこぼれる。

だから喬賀は、いつも火事の現場に、成君より遅れて到着していたのだ。六カ所目となった紫雲座のときだけをのぞいて。

あのときは、次の放火先が紫雲座であることを、先に宇遠に察知されていたからだろう。急遽《きゆうきよ》方法を変え、警戒がまだ厳しくないあの夜のうちに、火を放つことにしたに違いない。それまでの陽光を直接鏡で集めて火を熾すやり方ではなく、あらかじめ用意し保管していたものを使って。

それは喬賀にとって賭けだったのだろう。だからこそ彼は、そうして放った炎が、呪に有効なのか確信が持てなかったに違いない。成君にあれが六星鏡の炎か念を押してきたのはそのせいだ。

「あの死んだ宦官も、おぬしがすべて、裏で操っていたんだな……？」

六星鏡の欠片を宿す成君とともにいて、その在処《ありか》を秘匿しつづけるのは至難の業のはず。にもかかわらず喬賀からその気配を感じなかったのは、ずっと張懐儀《ちょうかいぎ》というあの宦官に持たせていたからだろう。

そして喬賀は、紙人を操るのに失敗したふりをして、その逃亡を手助けしようとした。

思えばあの宦官が奥歯に仕込んであった毒を嚙んだのは、喬賀の顔を見たからだ。はじめから捕らえられたときはそうするよう、彼に迫られていたのだろう。

「答えろ、喬賀！」

その胸倉をつかみ、思いきり彼を揺さぶってやりたい。そんな衝動が込みあげる。

「なぜ六星鏡を盗み出し、城市に火を放ったんだ!? 六星鏡の呪とはなんだ？ 皇帝を……宇遠を殺すためのものなのか!?」

六星鏡の力で七星を封じ、皇帝を呪詛する。そんなことをしても喬賀にはなんの利益にもならないはずなのに。

しかし喬賀は、成君の問いに静かに首を振った。

「おまえのためだ、成君」

「私のため……？」

「すべておまえを六星鏡から解放するために行ったことだ」

喬賀の思いがけない言葉に、成君は眉根を寄せた。

「どういうことだ？」

「おまえの目に取り込まれた六星鏡は、すでに物質としてではなく、霊的な力のみとなっていて取り除くのは不可能だ。だが強大な呪に用いて六星鏡がその力を使い果たせば、消えてなくなるはずだ」

「意味がわからない」

「わからなくていい。だが、こうするしかなかったんだ」

「六星鏡の炎で七星を描くことが？」

「そうだ」

宝慈殿に最後の六星鏡の火をつけたことで、呪は成就したのだろうか。しかし――。

「宇遠は生きているぞ。おぬしのたくらみは失敗したのだ」

震える声で成君が言い放つと、喬賀はかすかに笑みを浮かべる。余裕さえ見られるその顔に、成君は不安になった。

宇遠の無事を確認したのは、宝慈殿へ駆けつける前だったからだ。喬賀の話が事実であれば、あのときには六星鏡の呪は完成していなかったのではないかと。

成君のなかでさまざまな感情が入り乱れる。怒りとやるせなさと失望と――それらがごちゃ混ぜとなり、どう受けとめていいかわからない。

「観主様が悲しむとは思わなかったのか？」

そう言うと、喬賀ははじめて悔やむように瞳を伏せた。

「そうだな。だとしても俺にはこちらのほうが大切だったのだ」

「喬賀――！」

なにを言っても喬賀には響かない。無力感に苛《さいな》まれながら成君は手のひらを握りしめた。

「はじめは六星鏡を調べるために祭壇から持ち出していただけで、迷いがなかったわけではない。だが南天宮を出たおまえを追っている間に、盗まれたと大事になって後には引けなくなった」

まさに天の配剤なのだろうと、自嘲するように喬賀が薄く笑う。

「だがそれでよかったのだ。かえって踏んぎりがついたからな。おまえのためなら、恩のある師父も、観主様も、すべてを敵に回してもかまわなかった」

なにが喬賀をそこまで思いつめさせたのか。やるせなく思いながら成君は、震える声で告げる。

「おぬしは……法の裁きを受けるべきだ」

喬賀の行ったことで、幾人もの人が家や財産を失い、断ちきられた命もある。

「残念だが、俺はまだ捕まるわけにはいかない」

まだとは、どういう意味だろう。成君が眉をひそめたとき、寒椿の生垣の向こうから彼女を呼ぶ声が響いた。

「どいていろ、成君！」

振り返ると、そこには宮城内にもかかわらず禁軍の兵士を引き連れた宇遠がいた。

「宇遠!?」

彼の無事にほっとしながらも、成君は息を呑む。彼の背後にいる兵たちが、みな弓に矢をつがえて喬賀へと向けているからだ。

「誰に命じられたか話してもらおう」

「誰にも命じられておらぬ。俺が勝手にしたことだ」

宇遠は、復讐のために郭太師が首謀者であってほしいのだろう。しかし喬賀は、それをきっぱりと否定する。今にも射かけられそうな弓矢に囲まれているというのに、動じる気配さえない。

「大人しく六星鏡と七星剣を置いて縄を受けろ」

宇遠の命に喬賀はなにも答えなかった。引き絞られる弓弦に気づき、成君は慌てて叫んだ。

「待て、宇遠——」

郭太師の関与をあきらめきれない宇遠は、喬賀を拷問して口を割らせるつもりなのだ。そう悟った成君は、とっさに針を放ってしまう。きらりと光を弾いたそれらに腕を打たれた兵たちが、次々に弓を取り落としていく。

「皓炎《こうえん》——！」

舌打ちとともに宇遠が呼びかける。そのとたん、木立のなかを駆けてきた獣が喬賀へと飛びかかる。はじめて顔色を変えた喬賀だったが、避けようとしたところで鋭い爪に当たり、彼の手から六星鏡が転がり落ちる。

「忌々しい鬼怪め……！」

そう毒づいた喬賀に、皓炎は鋭い牙をむきだしにしてふたたび襲いかかろうとする。

「させるか！」

その瞬間喬賀は、手に残っていた七星剣の半ばをつかみ、ためらいもなくみずからの胸に突き入れた。

刃の曇った儀礼用のはずのその剣が、彼を貫く瞬間を成君は見た。次の瞬間、おびただしい血が噴き出し、池となったそのなかに喬賀が倒れる。成君はそれを、呆然と眺めていることしかできなかった。

「喬賀――！」

あとには、成君の叫びがむなしく響くだけだった。

＊

血の池に沈んだ喬賀の身体はぴくりとも動かなかった。その手を握れば、たしかに温《ぬく》もりを感じるのに、それでも彼は息をしていなかった。

仙女とさえ見まがうきれいな顔を呆然と見つめていると、成君の脳裏に彼の記憶のひとつひとつが浮かんでくる。

目に鏡を受け邑に帰れなくなった成君に、ともに南天宮に残ると言ったときの顔――。

祭りが見たくて南天宮から抜け出したあと、ともに観主にこっぴどく叱られたとき怖いから厠についてきてほしいと泣いていた幼いころの顔——。

そんな思い出が後から後からあふれ出てきて、成君は声ひとつ出すことができない。

「成君——」

近くで小枝を踏む音がして、成君ははっと我に返る。顔を上げると、いつの間に彼女に歩み寄ったのか、宇遠の姿がある。

「なぜ殺した!?」

彼の顔を見たとたん、成君は思わず叫んでいた。頭の片隅では八つ当たりだとわかっていた。しかしこのときの成君は、誰かに叫ばずにはいられなかったのだ。

「俺が殺したんじゃない。自刃したんだ」

正論で返され、成君は怒りのやり場を失う。しかしもし、宇遠があのように追い詰めなければ、喬賀がこのような無惨な死を選ぶことなどなかったのではないか。そう思うと、冷静に答える宇遠への怒りを抑えられない。

「だが国家の神器を盗み出し、宮城の一角である宝慈殿に火を放ったとなれば、いずれにしても極刑は免れない。ましてやそれが鄭洛の城市全域を巻きこんだ呪の一環だとなれば、なおさらだ」

わかっている。この場で捕らえられ牢《ろう》に繋がれるなど、誇り高い喬賀には耐えがたかったことくらい。しかし成君は、喬賀の遺体を前にしても動揺することなく、淡々と言葉をつむぐ彼に、これ以上ないほどの不信感がつのる。

「黒幕が郭太師でなくて、おぬしはさぞがっかりしているのだろう？」

「まだわからない。瑚州の道士である喬賀が、宦官の張懐儀と知りあった経緯も気になる。ふたりの関係を調べれば、郭太師とのつながりが出るかもしれない」

ついロ走った嫌味を否定してくれていたら、なにかが変わっていたのだろうか。

「そんなことはどうでもいい!!」

こんな事態になってまで、まだ郭太師が首謀者かどうかにこだわっているのか。

喬賀は死んでしまったのだ。変えることのできない無情な現実に打ちのめされている成君に、追い打ちをかけるように宇遠が言う。

「誰かに命じられたかどうかを差し置いても、喬賀の罪に変わりがあるわけではない」

成君は手のひらを握りしめた。

なぜここまでに冷淡なのだろう。たいして親密とはいえない関係だったとしても、喬賀はともに数日過ごした仲間ではなかったのだろうか。

「喬賀は私にとって、弟のような存在だった！　幼いころよりともに育った大切な——。おぬしだってそのくらいわかってくれていたのではないのか⁉」

ときにはつきまとってくる彼を疎ましく思うこともあったが、その気持ちに偽りはない。

だからこそ南天宮を出たのだ。成君がいるかぎり、喬賀が彼女のことを中心に考えてしまうことを憂い、彼に自分の人生を歩いてほしくて。

「俺にわかるはずもない」

しかし声を荒らげつづける成君にも、宇遠はそっけなく言うだけだ。

「俺になにを求めている？　おまえたちの絆《きずな》など俺に知るよしもない」

その言葉に、心のどこかがすっと冷えた。成君は立ちあがると、喬賀の手から転がり落ちていた六星鏡を拾いあげる。その背面に残る傷をなぞり、宇遠に差し出して言った。

「六星鏡は戻った。これで観主様は解放されるな？」

冬至の日までに六星鏡を取り戻す。そうすれば南天宮の観主の責任は問わないという約束だったはずだ。

「ああ……」

「ならばもう、私に用はあるまい」

息絶えた喬賀の胸から七星剣を抜き、宇遠の足元に投げ捨てる。動かない身体を背負って成君が歩き始めても、彼はとうとう引き留めるそぶりさえ見せなかった。

祭天

冬至に行われる祭天は、天の子として国家に君臨する紫微国の皇帝にとって、もっとも重要な祭礼のひとつである。

その前日には、祭天の行われる天壇へと向かう皇帝につき従い、煌びやかな行列が都たる鄭洛の城市を練り歩く。

行列の先頭を歩くのは、紫の袍衫と帽子をつけた数十人という旗振りだ。彼らが朱色の旗をはためかせたあとには、銅鑼《どら》や鼙鼓《こだいこ》の楽隊が賑やかな音楽を奏でながら闊歩《かっぽ》する。その後ろからも、五色の甲冑《かっちゅう》を身にまとった騎馬兵が、高旗、大扇、画戟、長矛などを手に行進した。

一番の目玉は、はるか西域の国から連れてこられたという七頭の象である。金の轡《くつわ》を手に錦繡《きんしゅう》をまとった象使いが操るそれらは、それぞれ文錦《あやにしき》で身を覆い、金の蓮花《れんげ》の座を背に乗せている。

この巨大で珍しい動物をひと目見ようと、皇城から南へと延びる御街では、市民たちが押しかけ大混乱となった。祭天は例年あれど、新帝即位後の大礼は、誰もが生きているうちに見物できるとはかぎらない。そのため鄭洛に住んでいる者だけでなく、遠方からも旅人が集まり、城内はいつも以上に人であふれているからだ。

そんな喧騒を背に、成君《せいくん》が劇棚である紫雲座の扉をくぐったのは夕刻近くなってからだった。公演が終わったばかりだというのに、座長の明嫦《めいじょう》はすぐに舞台裏から出てきて、声をかけてくる。

「戻ったのかい、成君？」

「ああ」

宮城を飛び出した成君は、その足で紫雲座に厄介になっていた。ここで旅仕度をし、南天宮に喬賀《きょうが》を連れて戻る手はずを整えるためにである。今日は朝から、喬賀の棺を運ぶための荷車と、それを引かせる牛の手配をしてきた。その他、旅に必要なものもほとんど買《か》い揃《そろ》え、明日には出立できそうである。

「公演で忙しいのに、世話になってすまぬな」

大祭をひと目見ようと国中から集まった人々のなかには、この機に乗じて都見物をしようという者も多い。そういった者たちを目当てに、紫雲座では普段より公演回数を増やしているのだ。

「気にすることはないよ。あんたらのおかげで、うちは放火の被害がほとんど出なかったんだ。いつでも頼ってくれていい」

そう口にしてから、明婚は顔を曇らせる。

「彼にも礼を言いたかったんだけど、まさか死んじまうなんてね」

部屋の隅に安置されている喬賀の棺を眺めながら、彼女はしんみりとした声をもらす。

明婚をはじめとする紫雲座の面々には、喬賀が皇帝に伝わる神器を盗み放火を続けた犯人であることも、宮城で兵に追い詰められて自害したことも告げずにいた。

喬賀の犯した罪を考えれば、本来であれば大罪人として族滅させられてもおかしくはない。しかし彼が孤児であったことを告げていたからか、宇遠《うえん》はそれ以上の詮議は不要と事を収めたのだろう。遺体を宮城から連れだした際もとくに止められることはなかった。

喬賀の裏に郭《かく》太師がいたのか今となってはわからないが、宇遠はそのあたりについても詳《つまび》らかにするのはあきらめたようだ。

「まあ、少なくともあんたは生きているんだ。生きている者は、死んだ者のぶんも背負って前を向かなければならないからね」

成君がよほど沈んで見えるのだろう。夫を亡くしたあと、この紫雲座を切り盛りしさらに繁盛させてきた明嫦は励ますように言う。

「そうだな」

力なくつぶやいた成君の肩を叩き、明嫦が部屋を出ていく。

「おぬしはいったい、なにがしたかったんだ？　喬賀……」

明嫦の姿がなくなっても成君は、喬賀の棺から目をそらすことができずに声をかけた。

あまりにあっけない終わりに、いまだにその死を受け入れられないでいる。

喬賀は成君の右目に入った六星鏡を消し去りたいのだと言った。ならば七星最後の地点であった宝慈殿に火がついた今、成君のなかにあったそれは消滅したのだろうか。

「なんの変わりもないように思うがな」

成君は苦笑した。

もし喬賀の狙いどおりであれば、破軍星にあたる宝慈殿に火がついて呪が完成した時点で、成君のなかの六星鏡は消えたはず。しかしその後も、喬賀に襲いかかる皓炎《こうえん》にただの獣とは思えない気配を感じた以上、その欠片はまだ消えていないというのが成君の考えだった。

「観主様に、なんと告げればよいのか」

皇帝である宇遠のもとに六星鏡が戻り、その伝達が届き次第、観主も軟禁が解かれているはずだ。とりあえず喬賀の遺体を南天宮まで運ぶことにした成君だったが、すべてを告げたときの観主の顔を想像してうつむく。

六星鏡を盗み出したのが喬賀だったこと。その六星鏡を使って、彼が呪を執り行っていたこと。そしてそれが発覚して、みずから命を絶ったこと――。

喬賀のことを可愛がってきた観主は、どれだけ悲しむだろう。

だが、それでも――。

「連れ帰ってやる、おぬしを。南天宮へ――」

南天宮は、そこで育った成君と喬賀にとって故郷も同然だった。

「還《かえ》ろう、喬賀――」

そう成君は、喬賀の眠る棺を撫でたのだった。

「やはり明日は南薫門《なんくんもん》ではなく、宣化門《せんかもん》から出るのがいいな」

祭天の儀式は、日付を跨《また》いだ未明から行われるはずだ。それから夜が明けきるまで続くはずなので、早朝出立する予定の成君は、宮城へ戻る皇帝の一行とかちあう可能性がある。きっとその時分には、南の正門にあたる南薫門は通行禁止になっているだろう。

旅路を決めようと、牀《しょう》にあおむけに寝転がりながら彼女が目を通しているのは、鄭洛の地図だった。とはいえそれは、いつも見ている城市内を詳細に描いたものではなく、鄭洛城を中心にしたもう少し広域のものである。旅に使うには、こちらの方が勝手がよい。

（そろそろ宇遠は、祭天をはじめるころだろうか）

ふと視界に入った地図上の天壇に、そんな考えが脳裏をよぎる。しかしもう関係のないことだと、成君はすぐにそれを振り払った。

「はやく寝なくてはな」

元来不夜城と謳われている鄭洛であるが、祝祭の只中《ただなか》にある今夜は、いつも以上に賑やかだ。紫雲座のなかでも奥まった部屋を借りているとはいえ、大通りからは今になっても騒がしい声が聞こえつづけている。

とはいえ、明日の早朝に出立する予定の成君は、夜更かしするわけにもいかない。

そう思って灯りを消そうとしたときだ。ふと引っかかりを覚えて、たたんだばかりの地図にふたたび目をやる。

「天壇――？」

庶民には窺《うかが》い知《し》ることはできないが、この広い敷地のどこかに天を祀るための祭壇があるという。

鄭洛の外城を少し出た南郊にあるその地を見た成君の脳裏に、宇遠のつぶやきがよみがえる。

『ずっと考えていた。七星を描くにしても、なぜここだったのかと』

その瞬間、かちりと嵌《はま》ったようにそれが繋がる。成君は牀から飛び起きると、卓子の上にその地図を広げた。そして手近にあった合子に収められていた殻つきの松の実を、碁石のようにひとつひとつ置いていく。

「貪狼、巨門、禄存、文曲、廉貞、武曲、そして破軍――」

地図上に描かれた北斗星の形。そしてその巨門星から貪狼星へと指で線を引き、それをさらに伸ばしていく。

「まさか北辰、か……？」

その線が、祭天の行われるはずの天壇に届いたとき、成君は呆然とつぶやいた。

鄭洛の市中に描かれた北斗星、そして天壇——。それらの位置関係は、まるであたかも天に煌めく北斗七星と北辰のようではないだろうかと。

それに気づいたとき、突然悲鳴が聞こえた。明嫦の声だと思った成君はとっさに部屋を飛び出した。

「どうした、明嫦!?」

声のしたほうへ駆けつけると、廊下の奥で明嫦が腰を抜かした体で座り込んでいた。普段の気丈な彼女からは想像できないほど震えている様子に、成君は彼女の肩を揺らして自分に意識を向けさせる。

「いったいなにがあったんだ？」

「棺、棺が……！」

しかし明嫦は、青白い顔で喬賀の棺が安置してある一室を指さしつづけ、いっこうに要領を得ない。

「棺……？」

なにがあったのかと成君は、開け放たれたままの室内に目を向けた。とくに変わった様子はないが、念のためと足を踏み入れる。提灯や燭台《しよくだい》の火は落としたままなので、廊下から入る灯りのみをたよりに棺に近づく。

「ひいいいっ！」

しかし喬賀の棺に触れたとたん、明嫦が盛大な悲鳴を上げる。成君は思わずびくりと身体を震わせ、明嫦に抗議する。

「なんなんだ、驚くではないか！」

「だって……！　だって、動いたんだよ！　死体が！」

「死体？」

つまり、喬賀の遺体ということだろうか。

「物音がするから不思議に思って扉を開けたら、喬賀が……！」

「なにを言って——」

荒唐無稽な話に、成君はあきれた。

「夢でも見たのではないか？　死んだ者が動くはずがないではないか」

成君とて何度も願ったのだ。動いてほしい、目を開けてほしいと。しかしそれは叶わなかったのだ。

「だけど見たんだよ、たしかにこの目で!!　喬賀がそこに立っていた！」

「まさか……」

馬鹿馬鹿しいと思いながら棺の上部にある小窓を開け、しかし成君はあっと声をもらした。そこには、あるべきはずの喬賀の遺体がなかったからだ。

「どういうことだ？」

呆気《あっけ》に取られた直後、首の後ろに衝撃を受ける。思わず振り返ったものの、背後にぼんやりとした人影を捉えるとともに、成君の意識は暗転したのだった。

＊

宇遠が玉輅《ぎょくろ》という竜鳳《りょうほう》を彫りいれた天子の車に乗って、祭天を行う天壇へ出立したのは、冬至の前日のことだった。

そして手前にある斎宮でいったん身を清め、日付けが変わる三更のころに、天壇へと到着する。そこは三重の土塀に囲まれた広大な祭場であり、途中に設けられた天幕のなかで着替えて、最奥にある祭壇——圜丘壇《えんきゅうだん》へと向かった。

白い土塀を両翼のように伸ばした門までは、まっすぐに一本の道が敷かれている。月明りさえない真の闇夜である今は、等間隔で松明《たいまつ》が焚《た》かれており、その灯りに白い道がぼうと浮かんで見えていた。

紫微国の歴代の皇帝が歩いたであろうその道を宇遠は、二十四の玉旒《ぎょくりゅう》を垂らした平天冠に、青い袞竜《こんりょう》の御衣、朱の舃《くつ》、順玉の環佩《こしだま》という祭服で、一歩一歩進んで行く。皇帝のみが執り行うことができる祭天。父や祖父にさえ叶わなかったそれを前にしながらも、しかし宇遠の脳裏からは、最後に見た成君の顔がこびりついたように離れなかった。

『ならばもう、私に用はあるまい』

あのとき、どう言えばよかったのだろう。

喬賀が自死したことが残念だとでも？

それとも、おのれがすべて悪かったと、謝ればよかったというのだろうか？

(そんなこと、俺にわかるはずもない)

家族を皆殺しにされた幼い日から、他人を信じずに生きてきた。そのせいで宇遠には人の心がどうしても理解できないときがある。失って、あれほどに嘆き悲しむ存在などいないのだ。

「どうかなさいましたか？」

慣れない淀《よど》んだ感情を持て余していると、司天監の監正である袁彬《えんりん》が、背後からそっと声をかけてくる。この老人は、今日は祭天を取り仕切る祇応人《とねり》として宇遠につき従っていた。

「いや、なんでもない」

迷いを振り払い、顔を上げる。道のはるか前方に見えていた白い門は、もうすぐそこだった。この門の向こうに、祭天を執り行う圜丘壇がある。そこで皇帝は、七星剣と六星鏡を祀り、供物を捧《ささ》げて天に五穀豊穣《ほうじょう》と国家の安寧を祈るのだ。王朝によって都は違えど、それははるか古代から続いてきたこの国の慣《なら》わしだ。

門の左右には、ぶら下げられた小さな鐘で音階を打つ編鐘《へんしょう》という楽器が置かれ、そのほかにも弦楽器である琴や瑟《しつ》、塤《けん》と呼ばれる鳩笛など、古代から受け継がれた囃子《はやし》物を手にした楽人たちが、雅楽を奏でている。

澄んだ音色のなか門が開くと、ここまで宇遠の後ろにつき従ってきた郭太師をはじめとする重臣たちが、頭《こうべ》を垂れながら立ち止まる。この先に進めるのは皇帝と儀式を補佐する数人の祇応人たちだけなのだ。

背後で門が閉められ、宇遠は巨大な祭壇の階を上りはじめる。星明りのほかに頼れるのは、わずかな松明と袁彬が持つ小さな灯りのみ。最後の段を上りきると、そこは舞台のように開けた円形の場となっている。

正面の低い机に供物が捧げられているのがうっすらと見えるなか、宇遠は祭詞を読みあげるため、わずかに高くなった中心に向かった。

異変が起きたのは、皇帝しか立つことが許されないその場所に、宇遠が上ったときだった。

「なんだ？」

突然ずしりと身体が重くなり、思わずその場に膝をついてしまう。

「皇上？」

気づいた袁彬が駆け寄ってくる。しかしその前で老体は傾ぎ、ほかにつき従っていたわずかな祇応人たちも、みなその場に倒れていってしまう。

それまでしっかりと耳に届いていたはずの雅楽が、なぜか膜が張られたように遠くに聞こえる。胸を圧迫するような感覚のなか宇遠は、天に捧げる供物を載せた台に、人が横たわっていることに気づいた。降りそそぐ星の光で冠《かん》を輝かせたその人物は、白い衣装を身にまとい、胸の上に六星鏡と七星剣を抱えている。

「成君……？」

なぜ彼女がここにいるのだろう。

どういうことだと宇遠が目を瞠《みは》っていると、先ほど上ってきた階から沓音《くつおと》が響いてくる。動かない身体に鞭打《むちう》って振り返り、彼は息を呑んだ。

「どういうことだ……？」

祭壇へと姿を現したのが、祭天に参列する予定などなかった皇太后——王蘇芳《おうすおう》だったからだ。

＊

成君は自分のくしゃみで目が覚めた。

そのとたん目に飛び込んできたのは、満天の星だ。天の中心たる北辰と、それを守護する北斗星。そして南には、全天で一番明るいと言われている天狼星がひときわ大きく輝いている。澄みきった空に瞬くそれらの星々に、成君は吸い込まれてしまうような悠久の時を感じた。

「って、なぜ私はこんなところで寝ているのだ！　しかも寒いぞ！」

吹きつけてきた寒風に、我に返った成君は屋外で眠っていたことに気づく。しかもなぜか古めかしい白絹の衣しか身につけていない。それは、ひらひらと薄い布地でできていて、冷気がしんしんと身に染みる。

成君は起きあがろうとするが、どうしたことか身体が動かない。あおむけになっている胸元にはずしりとした重みがあり、視線だけ向けると、どういうわけか六星鏡と七星剣を抱えているようだ。

なにが起きているのだろう。周囲を覗《うかが》うと、わずかではあるものの欄干に等間隔で設けられた松明があり、自分が円形の広場のようなところにいることがわかる。そして――。

「ん？　宇遠？」

円の中心部分に膝をつくようにして座りこんでいる宇遠を見つけて、成君は目を丸くした。しかも彼の顔は苦痛に歪《ゆが》み、肩で大きく息をしている。

「おぬし、どうした？　なぜそんな死にそうな顔をしている？」

成君は面食らった。なぜ宇遠がここにいるのか。しかも彼の傍らにも、何人かの男が倒れていて、状況がさっぱり理解できない。

「……あいかわらず、緊張感のない女だな」

どこかあきれたようにつぶやく宇遠に、成君はますますわからなくなる。しかし彼がいるということは――。

「ここは、まさか天壇か……？」

皇帝が天を祀るための祭壇――。

紫微国では古来、天は円く、地は方形と考えられてきた。そのため天を祀る圜丘壇は円形に作られていると聞いたことがある。

それに気づいてふたたび視線をめぐらせれば、神器を持って横たわっている成君のまわりには、鶏や豚、家鴨《あひる》、魚などのほか、糯米《もちごめ》でつくられた団子や果物までが並んでいる。まるで成君自身が、供物のひとつでもあるかのように。

愕然とした成君の耳に、女の笑い声が聞こえたのはそのときだった。

「ご心配召されるな、宇遠殿。すぐに楽になりますゆえ」

「皇太后？」

皇太后である王蘇芳の姿を目にして、成君はますます瞠目《どうもく》する。

普段自分の宮殿からめったに出てこないという彼女まで、どうしてここにいるのか。そんな疑問が頭に浮かぶ成君の前で、皇太后はそれまでのはかなげな印象が一変するほど華やいだ笑声をあげつづけている。まるで成君のことなど、視野にも入っていないかのように。

「ああ、ほら。空が白んできました」

うれしげな皇太后の言葉に、唖然としていた成君は、先ほどより視界が利きやすくなっていることに気づく。わずかな間に、星の数も少し減ったようだ。

「もうすぐですわ。もうすぐ、吾子が宇遠殿のなかに蘇《よみがえ》りましょう」

皇太后は動けないらしい宇遠に歩み寄ると、その頬を愛《いと》しげに撫で、うっとりとした声をもらす。

『妾には望みがありますの。それさえ叶えば、もうあとはなにもいりませんわ』

成君は、皇太后の言葉を思い出し、愕然とする。まさか彼女の望みとは、死んだ我が子を生き返らせることだというのか。

「蘇る？　馬鹿なことを。死んだ者が冥土《めいど》から戻ってくることなどない」

苦悶の表情を浮かべながら、宇遠が言う。すると皇太后はふたたび笑声をあげた。

「それがあるのです。六星鏡と七星剣さえそろえば」

成君は否定できない事実に、双眸を伏せた。

「喬賀に六星鏡の呪を行わせていたのは、おぬしだったのだな……」

訊ねるまでもなかった。

『きっとあの者に会うために、妾は南天宮へと参ったのでしょう』

そう皇太后が言っていたのは、喬賀のことだったのだ。

呆然とつぶやいた成君に、皇太后ははじめて視線を向け、微笑みながら告げた。

「ほほ。喬賀殿は妾に、死んだ者を蘇らせるためには、生と死を司る南斗星君と北斗星君の力が必要だと教えてくれたのです」

つまり、この鄭洛に六星鏡の炎で七星を刻んだのは、宇遠の——皇帝の命を奪うためではなかったのだ。

皇太后が望んでいるのは、宇遠の身体を依代《よりしろ》にして死者を蘇らせる借屍還魂《しゃくしかんこん》の術だ。そのために六星鏡を使った大掛かりな呪を仕込み、この天壇に術を成就させるための場を作りだしたのだろう。

だがなぜ、そのような禁断の術に、喬賀が手を貸したのか。そう思う間もなく、皇太后が言う。

「せいぜい役に立ってくださいませ、宇遠殿。吾子さえ死なければ、そなたが皇帝になることもなかったのですから」

「俺も好きで皇帝になったわけじゃない」

余裕なのか、たんなる意地なのか、宇遠はこのような状況になっても憎まれ口を叩いた。

「まあ、心にもないことを。夜明けとともに——そう、太陽が生まれ変わるその瞬間に、吾子の魂魄《こんぱく》はこの世へと還ってくるのです。ほほ、楽しみなこと」

ゆっくりと白みはじめている空に、皇太后が哄笑《こうしょう》をあげた。

宇遠の身体に、いったいなにが起きているのか。かすかなうめき声をあげて大理石の地面に手をついた彼は、いっそう苦しげに頭を垂れる。

「もうこの術を止めることなど、何人にもできませぬ」

「……そうみたいだな」

「宇遠!?」

抵抗することをあきらめたような彼の言葉に、成君は目を見開いた。だがその真意を確かめようにも彼女には、彼のもとへ駆けつけるどころか指一本さえ動かすことがかなわない。

『おぬし、まさか死んでもかまわないとでも思っているのか？』

そう訊ねたときの宇遠の顔が脳裏に浮かび、成君は焦った。

「目を覚ませ、宇遠！　このまま死者に身体を乗っ取られてもいいのか？　おぬしはこんな訳のわからない術に唯々諾々と従うような、そんな殊勝な男ではないだろう！」

成君が叫ぶと、宇遠がのろのろと首を上げた。まっすぐに見据えると、彼の昏い眼差しと視線が絡む。

「おぬしはもっと、他人を利用することさえためらわない、性悪でふてぶてしい男のはずだ！　こんな術など跳ね返してしまえ！」

成君自身どうしていいかわからないというのに、無茶苦茶だと自分でも思った。しかしこのまま宇遠が死ぬなど、絶対に嫌だったのだ。

「おまえという女は……」

案の定宇遠も、成君の主張に呆れたようだった。しかし視線をはずして息を吐き出したその口の端が、わずかに上がった気がする。簡単に言ってくれるものだ、と。

「見苦しい悪あがきはおよしなさいませ。この術を止めることなど、もうできぬと言いましたでしょう？」

皇太后が成君をたしなめるように苦笑する。

「――それはどうかな？」

「どういう意味ですの？」

宇遠のつぶやきに、皇太后が眉をひそめたときだった。

「皓炎――！」

主の呼び声とともに、どこからともなく現れた毛むくじゃらの獣が、祭壇の欄干を飛び越えてくる。そして誰もいないはずの空間に向かって咆哮《ほうこう》したとたん、おのれを縛る縄が断ちきられたかのように、成君の身体が動くようになる。

「宇遠――」

駆け寄ろうとした成君に、宇遠が叫んだ。

「成君！　七星剣で六星鏡を斬れ！」

成君は宇遠の声に目を瞠った。しかし躊躇《ちゅうちょ》したのは一瞬だった。代々の皇帝に伝わるふたつの神器はいま、成君の手にある。

「やめよ！」

皇太后の声が響くなか、成君は七星剣の柄《つか》を握りしめる。そして先ほどまで横たわっていた机に鏡を放ると、それに向かって思いきり振り落とした。

カッ――。

稲妻かと思うような閃光《せんこう》が走るとともに、パンッという破砕音が耳に響く。

しかしあたりを支配した強烈な光に目を焼かれ、なにが起きたのかわからない。ようやく目が慣れて開いたときそこにあったのは、粉々に砕けた六星鏡と、柄の先にわずかな切っ先のみを残して同じように崩れた七星剣だった。

「あああああ！」

皇太后の悲鳴が耳を刺した。

「吾子が、吾子が……！」

皇太后は叫びながら散った神器に駆け寄ると、必死になってその破片をかき集めようとする。手の皮膚が裂け、血がにじんでも、彼女はそれを止めようとしない。

「死んだ者を生き返らせる禁断の呪、か。哀れだな」

宇遠も動けるようになったのだろう。まだ整わない呼気のまま彼は、正気を失ってしまったような皇太后の姿を見下ろしてつぶやいた。

「そうだな」

死んだ我が子をあきらめきれない母の思いが、哀れでならなかった。だからこそ成君は、この呪を仕掛けた者を許すことができそうにない。

成君は、圜丘壇に響き渡る声で叫んだ。

「出てこい、喬賀！　いるんだろう!!」

「喬賀？　彼は死んだはずでは――」

事情を知らない宇遠が訝しげな声をもらすなか、返事はすぐに上がった。

「ここだ、成君」

しかし声の聞こえた方向を見上げて、成君は絶句した。

そこにはたしかに死んだはずの喬賀がいた。それだけでなく彼は、祭壇のはるか上方――なにもない空に浮いて立っていたからだ。

「御風術……」

風を操り、おのれの身体さえ浮かせることのできる方術である。書物でしか見たことのなかったその術を操る喬賀に、成君は二の句が継げなくなる。

「驚いたか？　今の俺は、方術を扱う力が格段に増したのだ」

「……人としての身体を捨てたから、か？」

成君の問いに、喬賀は唇の端をゆがめた。それこそが、成君の推測が当たっていることへの回答だった。

「おぬし、屍解仙《しかいせん》になったんだな？」

「屍解仙だって？」

聞きなれない言葉に、宇遠が訊き返す。

「屍解仙とは、肉体を滅する方術のことだ。昇仙の手段と言われてはいるが、実際は生きる屍となる代わりに、大きな通力を得ることができるという」

そう、喬賀は死んだのではない。みずから身体を棄《す》て、屍解仙となって蘇ったのだ。

「そうだ。そのおかげで、俺は今までよりずっと強い方術も扱えるようになった」

方術の才に恵まれたとはいえ、喬賀が扱えたのは紙人術をはじめとするわずかな術だけのはず。それも成君が針で対抗できたように、圧倒的なものではなかった。

だが今彼から感じるのは、これまでとはけた違いの力だった。おそらくこの騒ぎは、圜丘壇を取り囲む白壁の外にも聞こえているだろう。それでも誰もなかに入ってこないのは、喬賀が門を閉ざしているからだ。

「あのとき、七星剣で胸を貫いたのは、そのためだったのだな」

ただの剣ではなく、死を司る七星剣を使ったのは、屍解仙となるための術を完成させるのに必要だったに違いない。そのために喬賀は、皇太后に指示して七星剣を盗ませていたのだろう。

しかし肉体を棄て去り、生きる屍となるその術は、借屍還魂と同様に禁断と言われるおぞましい方術である。

「どうしてそんなことを……」

やりきれない怒りに、成君はうめいた。

「言っただろう、おまえのためだと」

「意味がわからない。おぬしが屍解仙になるのが、どうして私のためになる?」

「人の身体のままでは、たいした方術は使えない。六星鏡の呪を完遂させるためには、どうしても肉体を棄てる必要があった」

「私は、そんなことを望んではいなかった!」

「望んでいただろう! 六星鏡から解放されて、自由になりたいと!!」

声を荒らげた喬賀に、成君は黙り込む。

たしかに望んでいた。

だが成君は六星鏡を身に受けたままでも、それは叶うと思っていた。しかし喬賀は、成君が自由に生きるためには、彼女の右目から六星鏡の欠片を完全に取り除かなければならないと思ったのだ。

「考えてみれば簡単なことだ。六星鏡と七星剣は対となる神器。ただ相殺させればいいだけだと」

「……そのために、皇太后を唆したのだな?」

そしてすべてを裏で操っていたのか。

「そうだ」

うなずいた喬賀に、成君は手のひらを握りしめる。きっと六星鏡を隠し持っていたのも、宦官の張懐儀《ちようかいぎ》ではなく、皇太后だったのだろう。

「なのに——」

喬賀はため息をこぼして、ぶつぶつとなにかをつぶやきながら皇太后が拾い集めている神器の残骸を見下ろした。

「まさかおまえが、自分の手で六星鏡を破壊するとは思わなかった。あいかわらず滅《め》茶苦茶《ちゃくちゃ》な奴だ」

自分の身体と引き換えに行った呪のはずなのに、「そうしなければ今ごろは六星鏡から解き放たれていただろうに」と苦笑した喬賀は、どこか楽しそうに見えた。

「他者を犠牲にしてまで、自由になりたいとは思わぬ」

もし喬賀の思いどおりになっていたとしたら、宇遠は死者に身体を乗っ取られていたかもしれない。

死者が蘇るなど本当に可能かはわからないが、もし蘇ったとしても、それは皇太后の子などではなく、得体の知れないモノだったに違いないと成君は思う。

だがたとえ借屍還魂の術自体が失敗したとしても、喬賀は構わなかったのだろう。彼の目的は、六星鏡と七星剣の力を相殺させて消滅させること。それさえ叶えば、皇太后の子が生き返るかどうかなど、どうでもいいことだったのだ。

「そうだな。おまえはそういう女だ」

どこか自嘲するように喬賀はつぶやいた。

「まあ、最大の誤算はその獣だな。まさか屍解仙である俺が張った結界のなかに、入ってくるとは思わなかった」

「獣？　皓炎のことか？」

「それはただの鬼怪ではない。白澤《はくたく》と呼ばれる瑞獣《ずいじゅう》だ。古来、皇帝につき従うと言われているな」

「白澤……」

成君は、宇遠を守るようにその足元に寄りそう、毛むくじゃらの獣を見る。

「とりあえず今回は負けを認めよう。だが成君、俺は絶対におまえを六星鏡から解放してみせる」

「いらぬ世話だ。自分の問題は自分で処理する」

まったく話が通じないことに、成君は眉宇をひそめる。しかしそう言われることはわかっていたとばかりに、喬賀は唇を上げるだけだ。

「今日のところは退散するさ。皇帝の魂魄を消滅させる呪を行ったとあっては、斬首は免れないからな。だが成君、俺はあきらめるつもりはない」

喬賀は一瞬だけ宇遠に眇めた眼差しを向けると、「じゃあな」と成君に向かって手を上げる。そして風に乗ってあっという間にどこかへと消えてしまう。

「すさまじい執念だな」

喬賀がいなくなった空を見上げながら、宇遠がつぶやいた。

「執念、か……」

喬賀の思いが、ずっと重かったのは事実だ。執念と言われると、成君のなかですとんと納得するものがあった。喬賀が抱いているのは、成君に対して理想を押しつけ、こうあって欲しいという我執であると。

「気づいていたんだろう？　あいつの気持ちに。思いを受け入れてやってもよかったんじゃないのか？」

そうだったのだろうか。

喬賀が、幼いころよりともに育った、かけがえのない存在だということに偽りはない。しかしやはり彼は弟のようなもので、それ以外の何者にもできないと成君は思ってしまう。

だがそれでも――。

人の道から外れた喬賀にどうしようもないと腹が立ちながらも、尸解仙となっても、生きていてくれたことに安堵している自分がいるのも事実だった。

夜はすっかり明けていた。

喬賀がいなくなって、術もまた解けたのだろうか。倒れていた袁彬や祇応人たちも少しずつ意識を取り戻していく。

宇遠が命じ、圜丘壇の門を開くと、外へと締め出されていた郭太師をはじめとする臣下がなだれ込んでくる。

空に浮かぶ喬賀の姿は、彼らにも見えていたのだろうか。しかし異変を感じ取ってなかへ入ろうとしても、叶わなかったに違いない。

「皇上、これは……」

祭壇に上ってきた郭太師は、一心に神器の破片を拾いつづけている孫娘を目にして絶句した。

「皇太后が、祭天の場で皇帝呪詛を行った」

「ああ──」

宇遠の言葉に、郭太師が雷に打たれたように崩れ落ちる。

疑うことなくその事実を受け入れた様子に、成君は覚った。おそらく郭太師は、孫娘の異変に気づいていたのだと。だからこそ彼は、自邸に仕えたことのある者が七星剣を盗み出したり、皇城外で不審な死を遂げたりしたことに、思い悩んでいたのではないだろうか。

「皇太后は冷宮《れいぐう》に幽閉。その後のことは、追って沙汰する」

宇遠の言葉に、太師をはじめとして異を唱える者はいなかった。すべてが膝をつき、皇帝の命を受け入れる。

連れられていく皇太后の姿を眺めながら成君は、ようやく腑に落ちた。
皇太后の目。宇遠と同じあの目は――。
あれは、すべてを憎悪し破壊を望む目だったのだ、と。

終

小高いところに建てられた四阿からは、紅い宮墻の間を歩く女たちの行列が見渡せた。

皇太后付きの待女たちが、暇を与えられて宮城から出ていくのだ。なかには皇后の宮殿などに引き抜かれた者もいるというが、多くはここから去っていくという。

皇帝呪詛の咎《とが》で死を賜った皇太后は、最期には笑いながら白絹にみずからの頸《くび》をかけたという。

その話を聞いた成君《せいくん》は、円卓の向かいに座る宇遠《うえん》に話しかけた。

「あのまま六星鏡と七星剣を砕かなければ、皇太后の子は本当に蘇ったのだろうか」

死者を生き返らすなど、とても可能とは思えない。しかしもしそうなっていれば、彼女の心は救われたのかと。

『妾には望みがありますの。それさえ叶えば、もうあとはなにもいりませんわ』

そう告げた皇太后の顔が、いつまでも成君の脳裏から消えなかった。

「さあな」

成君の問いに、宇遠はそっけなく言った。そして茉莉花《まつりか》の香る茶を一口含み、彼女に告げる。

「だが、皇太后はどちらでもよかったんじゃないのか。子が生き返らずとも、祖父に復讐できればそれで」

祖父である郭《かく》太師に、父をはじめとする一族を皆殺しにされた怨みはいかほどだったのだろう。

その哀しみを埋めてくれた最愛の夫も子も亡くした皇太后の双眸には、この世はさぞかし不条理に満ちたものに映ったに違いない。祖父だけでなく、目に見えるものすべてを憎んだとておかしくはない。

皇太后の中に渦巻いていた、飽くことのない憎悪。成君は、その眼差しに彼女と同じ光を揺らめかせる宇遠の顔を窺い見る。

「おぬしのなかにもあるのか？　世のすべてを壊してしまいたいという衝動が」

成君の問いに、宇遠は一瞬だけ目を瞠った。しかしそれについてはなにも答えずに、ふたたび茶碗に口をつける。

皇太后と宇遠。ともに自分以外の親族を皆殺しにされた者として、宇遠ならば、皇太后の気持ちが理解できるのかもしれない。

だが復讐を望んでいたはずの宇遠は、意外なことに、郭太師に蟄居《ちっきょ》を命じはしたものの、その命を取ることまではしなかった。

皇太后が皇帝への呪詛を企てたとなれば、張本人たる皇太后だけでなく、一族郎党斬首させられてもおかしくはない。もちろんそのなかには、祖父の太師だけでなく、叔母にあたる皇后連翹《れんぎょう》も含まれる。

六星鏡の呪の首謀者が郭太師であることを望んでいた彼は、てっきりこの機に乗じて、積年の恨みを晴らすのかと思っていたのに――。

「皓炎《こうえん》は血を嫌うからな」

宇遠はいまこのときも彼の足元に寄りそう獣を眺めながら、そううそぶいた。

「そうか」

あいかわらず宇遠は、のらりくらりとしてまったく本心を見せようとしない。だが皓炎のためかどうかの真偽はともかく成君は、彼が穏便に事を収めたことに安堵していた。

「連翹のところに行って、少しは慰めてやったらどうなんだ？」

幼い身で哀しみに耐えている連翹を思い出し、成君は提案する。しかし宇遠はそんな彼女に一瞥をくれただけでそっけなく言った。

「なぜ俺が？」

あいかわらずの態度に、そういう奴だと成君はため息をこぼす。少しは心境に変化があったのかと期待したおのれが愚かしい。

「ん？」

そういえば宇遠は、六星鏡の呪の目的が皇帝の命ではないかと考えているときでさえ冷静だった。成君はまさかと思って訊ねた。

「おぬしもしかして、はじめから皓炎がいればどうにかなると思っていたのではあるまいな？」

喬賀《きようが》の話では、皓炎は白澤という瑞獣なのだという。

それほどにお目出度《めでた》い生物には正直見えないが、屍解仙となった喬賀の張った結界に入り込んだだけではなく、成君にかけられていた緊縛の術まで解いてみせたのは事実だ。

「確信があったわけではないがな」

案の定視線をそらした宇遠は、否定しなかった。

「おぬしという奴は本当に……」

皇太后の目的が六星鏡の呪を用いた借屍還魂の術だと知ったとき、成君は本気で心配したのだ。日が昇り術が完遂されれば、彼は死んでしまうと。

叶うならばあの時間を返してほしい。成君がそう思っていると、宇遠が卓子に肘をついたまま、視線だけ向けて彼女に訊ねてくる。

「で？　おまえはこれからどうするつもりなんだ？」

本来であれば成君は、喬賀が死んだと思ったときに、すでに宮城から出ていった身だ。いま彼女がここにいるのは、一連の呪の後処理に人手が必要かと考えたのと、連翹と、そしてなんとなく宇遠を放っておけなかったからにすぎない。

しかし宇遠ならば、成君が気になどかけなくても、おのれの望むままにやっていくのだろう。結局今回も、最後は郭太師を追放し、おのれの親政をはじめられるよう着々と推し進めているのだから。

「どうするもなにも――」

そもそも成君は、獵婚するために南天宮を出たのだ。旅に出て、夫となる男を見つけて所帯を持つのだと。

しかしあの跟踪魔《ストーカー》の喬賀のこと、『あきらめるつもりはない』と言ったからには、これからもきっと成君の後を追ってくるのだろう。

　そんななか、はたして夫となってくれる男など見つかるのだろうか。暗雲が垂れ込めるおのれの未来に、成君は頭が痛いとため息をこぼした。

「だが喬賀の言っていることにも一理ある」

「なにがだ？」

「おまえの目に六星鏡があるかぎり、自由にしてやることはできない」

　互いの力を打ち消しあい、粉々に砕け散った六星鏡と七星剣。しかし七星剣はわずかな刀身だけは残り、おそらくそれと釣りあう分量の欠片が成君の右目に入ったままなのだろう。

　つまり七星剣の破片は、成君のなかにいまだに六星鏡がある証でもあった。

「南天宮に戻るのが嫌ならば、宮城に残るか？　俺の妃として」

「……は？」

　思いがけない提案に、庭園の蠟梅《ろうばい》を眺めていた成君は思わず宇遠の顔を振り返る。

　しかし相変わらず宇遠の底の知れない眼差しは、本気なのか冗談なのかさえつかみ取ることができない。

「冗談じゃない」

成君は言い放った。

自分は結婚するのだ。なにがなんでも――。

「早々に獵婚せねば」

しかし自分に言い聞かせるほどに、ため息が漏れてくる。どうして自分のまわりには、こんな男たちしかいないのかと。

「跟踪魔に性悪妻帯者。ああ、どこかにもう少しまともな男はおらんものなのか……」

成君は、疲れきった声でそうつぶやいたのだった。

参考文献

『東京夢華録　宋代の都市と生活』　孟元老著　入矢義高・梅原郁訳注（平凡社）
『中国妖怪・鬼神図譜』　相田洋（集広舎）
『中國皇帝生活實錄』　王鏡輪著（和平圖書有限公司）

――本書のプロフィール――

本書は書き下ろしです。

小学館文庫

星《ほし》の鏡《かがみ》は輝《かがや》かない
紫《し》微《び》国《こく》後《こう》宮《きゅう》秘《ひ》話《わ》

著者　宮《みや》池《いけ》貴《たか》巳《み》

二〇二〇年五月十三日　初版第一刷発行

発行人　飯田昌宏
発行所　株式会社　小学館
〒一〇一-八〇〇一
東京都千代田区一ツ橋二-三-一
電話　編集〇三-三二三〇-五六一六
販売〇三-五二八一-三五五五
印刷所――凸版印刷株式会社

この文庫の詳しい内容はインターネットで24時間ご覧になれます。
小学館公式ホームページ　http://www.shogakukan.co.jp

ISBN978-4-09-406765-1